KB195020

흰

한강 소설

흰

문학동네

차례

1

나

흰 것에 대해 쓰겠다고 결심한 봄에 내가 처음 한 일은 목
록을 만든 것이었다.

강보

배내옷

소금

눈

얼음

달

쌀

파도

백목련

흰 새

하얗게 웃다

백지

흰 개

백발

수의

한 단어씩 적어갈 때마다 이상하게 마음이 흔들렸다. 이 책을 꼭 완성하고 싶다고, 이것을 쓰는 과정이 무엇인가를 변화시켜줄 것 같다고 느꼈다. 환부에 바를 흰 연고, 거기 덮을 흰 거즈 같은 무엇인가가 필요했다고.

하지만 며칠이 지나 다시 목록을 읽으며 생각했다.

어떤 의미가 있을까, 이 단어들을 들여다보는 일엔?

활로 철현을 켜면 슬프거나 기이하거나 새된 소리가 나는 것처럼, 이 단어들로 심장을 문지르면 어떤 문장들이건 흘러나올 것이다. 그 문장들 사이에 흰 거즈를 덮고 숨어도 괜찮은 걸까.

질문에 답하기 어려워 시작을 미루었다. 팔월부터는 이 낯선 나라의 수도로 잠시 옮겨와 세를 얻어 살기 시작했다. 두 달 가까이 시간이 더 흘러 추워지기 시작한 밤, 익숙하고도 지독한 친구 같은 편두통 때문에 물 한 컵을 데워 알약들을 삼키다가 (담담하게) 깨달았다. 어딘가로 숨는다는 건 어차피 가능한 일이 아니었다는 것을.

시간의 감각이 날카로울 때가 있다. 몸이 아플 때 특히 그렇다. 열네 살 무렵 시작된 편두통은 예고 없이 위경련과 함께 찾아와 일상을 정지시킨다. 해오던 일을 모두 멈추고 통증을 견디는 동안, 한 방울씩 떨어져내리는 시간은 면도날을 뭉쳐 만든 구슬들 같다. 손끝이 스치면 피가 흐를 것 같다. 숨을 들이쉬며 한순간씩 더 살아내고 있다는 사실이 또렷하게 느껴진다. 일상으로 돌아온 뒤까지도 그 감각은 여전히 그 자리에 숨죽여 서서 나를 기다린다.

그렇게 날카로운 시간의 모서리―시시각각 갱신되는 투명한 벼랑의 가장자리에서 우리는 앞으로 나아간다. 살아온 만큼의 시간 끝에 아슬아슬하게 한 발을 디디고, 의지가 개입할 겨를 없이, 서슴없이 남은 한 발을 허공으로 내딛는다. 특별히 우리가 용감해서가 아니라 그것밖엔 방법이 없기 때문에. 지금 이 순간도 그 위태로움을 나는 느낀다. 아직 살아보지 않은 시간 속으로, 쓰지 않은 책 속으로 무모하게 걸어들어간다.

문

오래전 일이다.

계약하기 전에 한 번 더 그 방을 보러 갔다.

원래 흰색이었을 그 방의 철문은 시간과 함께 색이 바래 있었다. 더러웠고, 여러 군데 페인트가 벗겨졌고, 칠이 벗겨진 자리마다 녹이 슬었다. 그게 전부였다면 그저 유난히 낡고 지저분한 문이었다고 기억되었을 것이다. 문제는 '301'이라는 그 방의 호수가 씌어진 방식이었다.

누군가가—아마 그동안 이 집에 세들었던 사람들 중 하나가—송곳 같은 날카로운 것으로 그 문의 표면을 긁어 숫자를 기입해놓았다. 획순을 따라 나는 곰곰이 들여다보았다. 세 뼘

크기의 커다랗고 각진 3. 그보다 작지만 여러 번 겹쳐 굵게 그어 3보다 눈에 먼저 들어오는 0. 마지막으로 가장 깊게, 온 힘을 다해 길게 긁어놓은 1. 난폭한 직선과 곡선들의 상처를 따라 검붉은 녹물이 번지고 흘러내려 오래된 핏자국처럼 굳어 있었다. *난 아무것도 아끼지 않아. 내가 사는 곳, 매일 여닫는 문, 빌어먹을 내 삶을 아끼지 않아.* 이를 악문 그 숫자들이 나를 쏘아보고 있었다.

그것이 내가 얻으려 하는 방, 그 겨울부터 지내려 하는 방의 문이었다.

짐을 정리한 다음날 흰 페인트 한 통과 큼직한 평붓을 샀다. 도배를 하지 않은 부엌과 방의 벽에 크고 작은 얼룩들이 보였다. 특히 전기 스위치들의 주변이 까맸다. 혹여 페인트가 튀더라도 눈에 띄지 않도록 연회색 트레이닝복에 낡은 흰 스웨터를 걸치고 칠을 시작했다. 깔끔하게 마무리할 생각은 처음부터 없었다. *얼룩이 지더라도, 흰 얼룩이 더러운 얼룩보단 낫겠지.* 그렇게 무심한 마음으로 더러운 자리만 골라 붓질을 했다. 한때 비가 새어 생겼을 천장의 커다란 얼룩을 하얗게 칠해 없애버렸다. 연갈색 싱크대 안쪽의 더러운 부분도 물수건으로 한번 닦고는 새하얗게 칠해버렸다.

　마지막으로 현관 밖으로 나가 철문을 칠하기 시작했다. 상처투성이의 문 위에 붓질을 할 때마다 더러움이 지워졌다. 송곳으로 그은 숫자들이 사라졌다. 핏자국 같은 녹물들이 사라졌다. 따뜻한 방으로 들어가 쉬다가 한 시간 뒤에 나오자 칠이 흐려져 있었다. 롤러 대신 붓을 사용했기 때문에 붓 자국들이 두드러져 보였다. 붓 자국이 잘 보이지 않을 만큼 두껍게 한 겹 덧칠한 뒤 방으로 들어갔다. 어떻게 되었는지 보려고 다시 한 시간 뒤 슬리퍼를 끌고 나오자 성근 눈이 내리고 있었다. 어느 사이 골목이 어둑해져 있었다. 아직 가로등은 켜지지 않았다. 두 손에 페인트 통과 붓을 들고 엉거주춤 서서, 수백 개의 깃털을 펼친 것처럼 천천히 낙하하는 눈송이들의 움직임을 나는 멍하게 지켜보고 있었다.

강보

눈처럼 하얀 강보에 갓 태어난 아기가 꼭꼭 싸여 있다. 자궁은 어떤 장소보다 비좁고 따뜻한 곳이었을 테니, 갑자기 한계 없이 넓어진 공간에 소스라칠까봐 간호사가 힘주어 몸을 감싸준 것이다.

이제 처음 허파로 숨쉬기 시작한 사람. 자신이 누군지, 여기가 어딘지, 방금 무엇이 시작됐는지 모르는 사람. 갓 태어난 새와 강아지보다 무력한, 어린 짐승들 중에서 가장 어린 짐승.

피를 너무 흘려 창백해진 여자가 그 아기의 울고 있는 얼굴을 본다. 당황하며 강보째로 아기를 받아 안는다. 그 울음을 멎게 하는 법을 아직 모르는 사람. 믿을 수 없는 고통을 방금

까지 겪은 사람. 아기가 별안간 울음을 멈춘다. 어떤 냄새 때문일 것이다. 또는 둘이 아직 연결되어 있다. 보지 못하는 아기의 검은 눈이 여자의 얼굴 쪽을—목소리가 들리는 쪽을—향한다. 무엇이 시작되었는지 모르는 채, 아직 두 사람이 연결되어 있다. 피냄새가 떠도는 침묵 속에서. 하얀 강보를 몸과 몸 사이에 두고.

배내옷

내 어머니가 낳은 첫 아기는 태어난 지 두 시간 만에 죽었
다고 했다.

달떡처럼 얼굴이 흰 여자아이였다고 했다. 여덟 달 만의 조
산이라 몸이 아주 작았지만 눈코입이 또렷하고 예뻤다고 했
다. 까만 눈을 뜨고 어머니의 얼굴 쪽을 바라보던 순간을 잊
을 수 없다고 했다.

당시 어머니는 시골 초등학교 교사로 부임한 아버지와 함
께 외딴 사택에 살았다. 산달이 많이 남아 준비가 전혀 없었
는데 오전에 갑자기 양수가 터졌다. 아무도 주변에 없었다.
마을에 한 대뿐인 전화기는 이십 분 거리의 정류장 앞 점방에
있었다. 아버지가 퇴근하려면 아직 여섯 시간도 더 남았다.

막 서리가 내린 초겨울이었다. 스물세 살의 엄마는 엉금엉금 부엌으로 기어가 어디선가 들은 대로 물을 끓이고 가위를 소독했다. 반짇고리 상자를 뒤져보니 작은 배내옷 하나를 만들 만한 흰 천이 있었다. 산통을 참으며, 무서워서 눈물이 떨어지는 대로 바느질을 했다. 배내옷을 다 만들고, 강보로 쓸 홑이불을 꺼내놓고, 점점 격렬하고 빠르게 되돌아오는 통증을 견뎠다.

마침내 혼자 아기를 낳았다. 혼자 탯줄을 잘랐다. 피 묻은 조그만 몸에다 방금 만든 배내옷을 입혔다. 죽지 마라 제발. 가느다란 소리로 우는 손바닥만한 아기를 안으며 되풀이해 중얼거렸다. 처음엔 꼭 감겨 있던 아기의 눈꺼풀이, 한 시간이 흐르자 거짓말처럼 방긋 열렸다. 그 까만 눈에 눈을 맞추며 다시 중얼거렸다. 제발 죽지 마. 한 시간쯤 더 흘러 아기는 죽었다. 죽은 아기를 가슴에 품고 모로 누워 그 몸이 점점 싸늘해지는 걸 견뎠다. 더이상 눈물이 흐르지 않았다.

달떡

지난봄 누군가 나에게 물었다. 당신이 어릴 때, 슬픔과 가까워지는 어떤 경험을 했느냐고. 라디오 방송을 녹음하던 중이었다.

그 순간 불현듯 떠오른 것이 이 죽음이었다. 이 이야기 속에서 나는 자랐다. 어린 짐승들 중에서도 가장 무력한 짐승. 달떡처럼 희고 어여뻤던 아기. 그이가 죽은 자리에 내가 태어나 자랐다는 이야기.

달떡같이 희다는 게 뭘까, 궁금해하다가 일곱 살 무렵 송편을 빚으며 문득 알았다. 새하얀 쌀 반죽을 반죽해 제각각 반달 모양으로 빚어놓은, 아직 쪄지 않은 달떡들이 이 세상 것 같지 않게 곱다는 것을. 하지만 정작 얼기설기 솔잎들을 매달고 접시에 담겨 나온 떡들의 모습은 실망스러웠다. 고소한 참기름에 반들거리는, 찜 솥의 열과 김으로 색깔과 질감이 변형된 그것들은 물론 맛이 있었지만, 눈부시게 곱던 쌀 반죽과는 전혀 다른 것이 되어 있었다.

엄마가 말한 달떡은 찌기 전의 달떡인 거야. 그 순간 생각했었다. 그렇게 깨끗한 얼굴이었던 거야. 그러자 쇠에 눌린 것같이 명치가 답답해졌다.

지난봄 그 녹음실에서 이 이야기는 하지 않았다. 대신 어릴 때 기르던 개 이야기를 했다. 내가 여섯 살이 되던 겨울 죽은 백구는 진돗개의 피가 절반 섞여 유난히 영리한 개였다고 했다. 다정하게 함께 찍은 흑백사진 한 장이 남아 있지만, 살아 있었던 때의 기억은 이상하게도 없다. 선명한 건 오직 죽던 날 아침의 기억뿐이다. 하얀 털, 까만 눈, 아직 축축한 코. 그날 이후 지금까지 나는 개를 좋아하지 않는 사람이 되었다. 손을 뻗어 개의 목과 등을 쓰다듬을 수 없는 사람이 되었다.

안개

이 낯선 도시에서 왜 자꾸만 오래된 기억들이 떠오르는 걸까?

거리를 걸을 때 내 어깨를 스쳐지나가는 사람들이 하는 거의 모든 말, 스쳐지나가는 표지판들에 적힌 거의 모든 단어를 나는 이해하지 못한다. 움직이는 단단한 섬처럼 행인들 사이를 통과해 나아갈 때, 때로 나의 육체가 어떤 감옥처럼 느껴진다. 내가 겪어온 삶의 모든 기억들이, 그 기억들과 분리해낼 수 없는 내 모국어와 함께 고립되고 봉인된 것처럼 느껴진다. 고립이 완고해질수록 뜻밖의 기억들이 생생해진다. 압도하듯 무거워진다. 지난여름 내가 도망치듯 찾아든 곳이 지구 반대편의 어떤 도시가 아니라, 결국 나의 내부 한가운데였다는 생각이 들 만큼.

  지금 이 도시는 새벽안개에 잠겨 있다.

  하늘과 땅의 경계가 사라졌다. 내가 바라보는 창으로부터 사오 미터 거리에 서 있는 높다란 미루나무 두 그루가 먹색 윤곽을 어렴풋이 드러내고 있을 뿐, 그 밖의 모든 것이 희다. 아니, 저것을 희다고 할 수 있을까? 검게 젖은 어둠을 차가운 입자마다 머금고, 이승과 저승 사이를 소리 없이 일렁이는 저 거대한 물의 움직임을?

  오래전 이렇게 안개가 짙었던 섬의 아침을 기억한다. 함께 여행을 떠난 일행들과 바닷가 절벽 길을 산책했었다. 어른어른 모습을 드러낸 해변의 소나무들. 깎아지른 잿빛 벼랑. 해무 아래 일렁이는 검은 바다를 내려다보던, 평소와 다르게 어딘가 서늘해 보이던 일행들의 뒷모습. 하지만 다음날 오후 같은 길을 걸으며, 그 길의 풍경이 원래 얼마나 평범한 것이었는지 깨달았다. 신비스런 늪이라고 생각했던 곳은 먼지 낀 마른 웅덩이였다. 이승의 것 같지 않게 홀연하던 소나무들은 철

조망 너머로 줄을 맞춰 심겨 있었다. 바다는 관광엽서 사진처럼 짙푸르고 아름다웠다. 모든 것이 경계 안쪽에서 숨죽이고 있었다. 숨을 참으며 다음 안개를 기다리고 있었다.

이렇게 짙게 안개가 낀 새벽, 이 도시의 유령들은 무엇을 할까.

숨죽여 기다렸던 안개 속으로 소리 없이 걸어나와 산책을 할까.

목소리까지 하얗게 표백해주는 저 물의 입자들 틈으로, 내가 알지 못하는 그들의 모국어로 인사를 나눌까. 말없이 고개를 흔들거나 끄덕이기만 할까.

흰 도시

1945년 봄 미군의 항공기가 촬영한 이 도시의 영상을 보았다. 도시 동쪽에 지어진 기념관 이층의 영사실에서였다. 1944년 10월부터 육 개월여 동안, 이 도시의 95퍼센트가 파괴되었다고 그 필름의 자막은 말했다. 유럽에서 유일하게 나치에 저항하여 봉기를 일으켰던 이 도시를, 1944년 9월 한 달 동안 극적으로 독일군을 몰아냈고 시민 자치가 이뤄졌던 이 도시를, 히틀러는 가능한 모든 수단을 동원해 깨끗이, 본보기로서 쓸어버리라고 명령했다.

처음 영상이 시작되었을 때, 높은 곳에서 내려다본 도시는 마치 눈이 쌓인 것처럼 보였다. 희끗한 눈이나 얼음 위에 약간씩 그을음이 내려앉아 얼룩덜룩 더럽혀진 것 같았다. 비행기가 고도를 낮추며 도시의 모습이 가까워졌다. 눈에 덮인 것도, 얼음 위에 그을음이 내려앉은 것도 아니었다. 모든 건물이 무너지고 부서져 있었다. 돌로 된 잔해들의 흰빛 위로, 검게 불에 탄 흔적이 눈 닿는 데까지 끝없이 이어져 있었다.

　그날 버스를 타고 집으로 돌아오던 길에 오래전 성城이 있었다는 공원에서 내렸다. 제법 넓은 공원 숲을 가로질러 한참 걸으니 옛 병원 건물이 나왔다. 1944년 공습으로 파괴되었던 병원을 원래의 모습대로 복원한 뒤 미술관으로 사용하는 곳이었다. 종달새와 흡사한 높은 음조로 새들이 우는, 울창한 나무들이 무수히 팔과 팔을 맞댄 소로를 따라 걸어나오며 깨달았다. 그러니까 이 모든 것들이 한번 죽었었다. 이 나무들과 새들, 길들, 거리들, 집들과 전차들, 사람들이 모두.
　그러므로 이 도시에는 칠십 년 이상 된 것들이 존재하지 않는다. 구시가의 성곽들과 화려한 궁전, 시 외곽에 있는 왕들의 호숫가 여름 별장은 모두 가짜다. 사진과 그림과 지도에 의지해 끈질기게 복원한 새것이다. 간혹 어떤 기둥이나 벽들의 아랫부분이 살아남았을 경우에는, 그 옆과 위로 새 기둥과 새 벽이 연결되어 있다. 오래된 아랫부분과 새것인 윗부분을 분할하는 경계, 파괴를 증언하는 선들이 도드라지게 노출되어 있다.

그 사람에 대해 처음 생각한 것은 그날이었다.

이 도시와 같은 운명을 가진 어떤 사람. 한차례 죽었거나 파괴되었던 사람. 그을린 잔해들 위에 끈덕지게 스스로를 복원한 사람. 그래서 아직 새것인 사람. 어떤 기둥, 어떤 늙은 석벽들의 아랫부분이 살아남아, 그 위에 덧쌓은 선명한 새것과 연결된 이상한 무늬를 가지게 된 사람.

어둠 속에서 어떤 사물들은

어둠 속에서 어떤 사물들은 희어 보인다.

어렴풋한 빛이 어둠 속으로 새어들어올 때, 그리 희지 않던 것들까지도 창백하게 빛을 발한다.

밤이면 불을 끈 거실 한쪽에 소파침대를 펴고 누워, 잠을 청하는 대신 그 해쓱한 빛 속에서 시간이 흐르는 것을 느꼈다. 흰 회벽에 어른거리는 창밖 나무들의 형상을 바라보았다. 그 사람—이 도시와 비슷한 어떤 사람—의 얼굴을 곰곰이 생각했다. 그 윤곽과 표정이 서서히 뚜렷해지길 기다렸다.

빛이 있는 쪽

이 도시의 유태인 게토에서 여섯 살에 죽은 친형의 혼과 함께 평생을 살고 있다고 주장하는 남자의 실화를 읽었다. 분명히 비현실적인 이야기인데, 그렇게 일축하기 어려운 진지한 어조로 씌어진 글이었다. 형상도 감촉도 없이 한 아이의 목소리가 시시로 그에게 찾아왔다. 그는 벨기에인 가정에 입양되어 자랐기 때문에 이 나라의 언어를 전혀 몰랐으며, 자신에게 형이 있었다는 사실조차 알지 못했다. 따라서 모든 것이 운 나쁘게 반복되는 자각몽이거나 착란 증상이라고만 생각했다. 자신의 가족사를 뒤늦게 알게 된 열여덟 살에, 그는 아직도 찾아오는 그 혼을 이해하기 위해 이 나라의 언어를 공부했다. 어린 형이 지금까지도 겁에 질려 있다는 것을 그렇게 알았다.

군에게 체포되기 직전 뱉었던, 공포에 휩싸인 몇 마디 말을 반복해서 외치고 있다는 것을 알았다.

결국 타살되었을 여섯 살배기 아이의 최후를 상상하고 싶지 않아, 그 이야기를 읽은 뒤 여러 날 잠을 설쳤다. 그러던 어느 새벽, 마침내 마음이 고요해졌을 때 생각했다. 태어나 두 시간 동안 살아 있었다는 어머니의 첫 아기가 만일 나를 이따금 찾아와 함께 있었다면, 나로서는 그걸 알 길이 없었을 것이다. 그이에게는 언어를 배울 시간이 없었으니까. 한 시간 동안 눈을 열고 어머니 쪽을 바라보았다고 했지만, 아직 시신경이 깨어나지 않아 어머니의 얼굴을 보지 못했을 것이다. 오직 목소리만을 들었을 것이다. 죽지 마. 죽지 마라 제발. 알아들을 수 없었을 그 말이 그이가 들은 유일한 음성이었을 것이다.

그러니 확언할 수도, 부인할 수도 없다. 그이가 나에게 때로 찾아왔었는지. 잠시 내 이마와 눈언저리에 머물렀었는지. 어린 시절 내가 느낀 어떤 감각과 막연한 감정 가운데, 모르는 사이 그이로부터 건너온 것들이 있었는지. 어둑한 방에 누워 추위를 느끼는 순간은 누구에게나 찾아오니까. 죽지 마.

죽지 마라 제발. 해독할 수 없는 사랑과 고통의 목소리를 향해, 희끗한 빛과 체온이 있는 쪽을 향해, 어둠 속에서 나도 그렇게 눈을 뜨고 바라봤던 건지도 모른다.

젖

　스물세 살 난 여자가 혼자 방에 누워 있다. 첫서리가 녹지 않은 토요일 아침, 스물여섯 살 난 남편은 어제 태어났던 아기를 묻으러 삽을 들고 뒷산으로 갔다. 붓기 때문에 여자의 눈이 잘 떠지지 않는다. 몸 구석구석의 관절이, 부어오른 손가락 마디들이 아리다. 한순간 처음으로 여자의 가슴이 화해진다. 여자가 몸을 일으켜 앉아 서툴게 젖을 짜본다. 처음에는 묽고 노르스름한 젖이, 그다음부터 하얀 젖이 흘러나온다.

그녀

그 아기가 살아남아 그 젖을 먹었다고 생각한다.

악착같이 숨을 쉬며, 입술을 움직거려 젖을 빨았다고 생각한다.

젖을 떼고 쌀죽과 밥을 먹으며 성장하는 동안, 그리고 한 여자가 된 뒤에도, 여러 번의 위기를 겪었으나 그때마다 되살아났다고 생각한다.

죽음이 매번 그녀를 비껴갔다고, 또는 그녀가 매번 죽음을 등지고 앞으로 나아갔다고 생각한다.

죽지 마. 죽지 마라 제발.

그 말이 그녀의 몸속에 부적으로 새겨져 있으므로.

그리하여 그녀가 나 대신 이곳으로 왔다고 생각한다.

이상하리만큼 친숙한, 자신의 삶과 죽음을 닮은 도시로.

초

그런 그녀가 이 도시의 중심가를 걷는다. 네거리에 세워진
붉은 벽돌 벽의 일부를 본다. 폭격으로 부서진 옛 건물을 복
원하는 과정에서, 독일군이 시민들을 총살했던 벽을 떼어다
가 일 미터쯤 앞으로 옮겨 세운 것이다. 그 사실을 새겨놓은
낮은 비석이 세워져 있다. 그 앞에 꽃 항아리가 놓이고 여러
개의 흰 초가 밝혀져 있다.

새벽만큼 짙지 않지만 아직 반투명한 트레이싱지 같은 안
개가 이 도시를 감싸고 있다. 강한 바람이 불어와 갑자기 안
개를 걷어내면, 복원된 새 건물들 대신 칠십 년 전의 폐허가
소스라치며 모습을 드러낼지도 모른다. 그녀의 지척에 모여
있던 유령들이, 자신들이 살해되었던 벽을 향해 우뚝우뚝 몸

을 세우고 눈을 이글거릴지도 모른다.

그러나 바람이 불지 않는다. 아무것도 소스라치며 자신을 드러내지 않는다. 흘러내리는 촛농은 희고 뜨겁다. 흰 심지의 불꽃에 자신의 몸을 서서히 밀어넣으며 초들이 낮아진다. 서서히 사라진다.

이제 당신에게 내가 흰 것을 줄게.

더럽혀지더라도 흰 것을,
오직 흰 것들을 건넬게.

더이상 스스로에게 묻지 않을게.

이 삶을 당신에게 건네어도 괜찮을지.

2

그
녀

성에

　공기가 완전히 차단되지 않는 유리창에 성에가 낀다. 한겨울, 하얗게 얼어붙은 그 무늬는 강이나 개울의 살얼음을 닮았다. 소설가 박태원은 첫딸이 태어났을 때 그 창문을 보고 아기의 이름을 지었다고 했다. 설영. 눈의 꽃.

　그녀는 너무 추워서 바다가 얼어 있는 풍경을 본 적 있다. 수심이 낮고 유난히 잔잔한 바다였는데 해변에서부터 파도들이 눈부시게 얼어 있었다. 켜켜이, 하얀 꽃들이 피다가 멈춘 것 같은 광경을 보며 걷자니 모래펄에 흩어진 얼어붙은 흰 비늘의 물고기들이 보였다. 그 지방의 사람들은 그런 날을 '바다에 성에가 끼었다'고 한다고 했다.

서리

그녀가 태어난 날은 눈이 아니라 첫서리가 내렸지만, 그녀의 아버지도 딸의 이름에 설雪 자를 넣어주었다. 자라면서 그녀는 남들보다 추위를 타는 편이어서, 자신의 이름에 들어 있는 차가움 때문이 아닐까 원망하기도 했다.

서리가 내린 흙을 밟을 때, 반쯤 얼어 있는 땅의 감촉이 운동화 바닥을 통과해 발바닥에 느껴지는 순간을 그녀는 좋아한다. 아무도 밟지 않은 첫서리는 고운 소금 같다. 서리가 내리기 시작할 무렵부터 태양의 빛은 조금 더 창백해진다. 사람들의 입에서 흰 입김이 흘러나온다. 나무들이 잎을 떨어뜨리며 차츰 가벼워진다. 돌이나 건물 같은 단단한 사물들은 미묘하게 더 무거워 보인다. 외투를 꺼내 입은 남자들과 여자들의

뒷모습에, 무엇인가 견디기 시작한 사람들의 묵묵한 예감이

배어 있다.

날개

    이 도시의 외곽에서 그녀는 그 나비를 보았다. 하얀 나비 한 마리가 십일월 아침 갈대숲 옆에 날개를 접고 누워 있었다. 여름이 지나고는 나비들을 전혀 보지 못했는데, 그동안 어디서 버텨왔던 것일까? 지난주부터 기온이 급격하게 떨어졌는데, 그사이 날개가 몇 차례 얼었다 녹으며 흰빛이 지워졌는지 어떤 부분은 거의 투명해 보였다. 바닥의 검은 흙이 어른어른 비쳐 보일 정도였다. 시간이 좀더 흐르면 남은 부분도 완전히 투명해질 것이다. 날개는 더이상 날개가 아닌 것이 되고, 나비는 더이상 나비가 아닌 것이 된다.

주먹

　종아리에 알이 배길 때까지 이 도시의 거리들을 걸으며 그녀는 기다렸다. 어떤 모국어 문장, 혹은 몇 개의 단어들이 불쑥 떠올라 혀 밑에 고이기를. 어쩌면 눈에 대해 쓸 수 있을지도 모른다고 생각했다. 이 도시에는 일 년의 절반 동안 눈이 내린다고 했으니까.

　겨울이 올 때까지 그녀는 끈질기게 지켜봤다. 흩뿌리는 눈발이 아직 비치지 않는 상점 유리창들을. 아직 눈에 덮이지 않은 행인들의 머리칼을. 그 낯선 이마와 눈에 스쳐가는, 아직 눈송이가 아닌 비스듬한 빛들을. 움켜쥘수록 차가워지는 자신의 창백한 두 주먹을.

눈

함박눈이 검은 코트 소매에 내려앉으면, 유난히 큰 눈의 결정은 맨눈으로도 볼 수 있다. 정육각형의 그 신비한 형상이 조금씩 녹아 사라질 때까지 걸리는 시간은 고작 일, 이 초. 그걸 묵묵히 지켜보는 짧은 시간에 대해 그녀는 생각한다.

눈이 내리기 시작하면 사람들은 하던 일을 멈추고 잠시 눈을 바라본다. 버스에서라면 얼굴을 들고 한동안 차창 밖을 응시한다. 어떤 소리도 없이, 아무런 기쁨도 슬픔도 없이 성근 눈이 흩어질 때, 이윽고 수천수만의 눈송이들이 침묵하며 거리를 지워갈 때, 더이상 그걸 지켜보지 않고 얼굴을 돌리는 사람들이 있다.

눈송이들

　오래전 늦은 밤 그녀는 모르는 남자가 전신주 아래 모로 누워 있는 것을 봤다. 쓰러진 걸까, 취한 걸까? 구급차를 불러야 하는 걸까? 그녀가 경계하며 눈을 떼지 못하고 있는 사이, 남자가 반쯤 몸을 일으켜 앉아 멍하게 그녀를 올려다봤다. 그녀는 놀라 뒤로 물러섰다. 난폭한 사람 같지는 않았지만, 한밤의 골목이 고요하고 인적이 없었기 때문이다. 그를 등지고 종종걸음쳐 걷다가 그녀는 문득 돌아봤다. 그는 여전히 비스듬히 몸을 일으킨 상태로 차가운 보도 위에 주저앉아, 골목 맞은편의 더러운 회벽 언저리를 뚫어지게 바라보고 있었다.

*

엉망으로 넘어졌다가 얼어서 곱은 손으로 땅을 짚고 일어
서던 사람이, 여태 인생을 낭비해왔다는 걸 깨달았을 때,

씨팔 그 끔찍하게 고독한 집구석으로 돌아가고 싶지 않다
는 사실을 깨달았을 때,

이게 뭔가, 대체 이게 뭔가 생각할 때

더럽게도 하얗게 내리는 눈.

*

눈송이가 성글게 흩날린다.

가로등의 불빛이 닿지 않는 검은 허공에.

말없는 검은 나뭇가지들 위에.

고개를 수그리고 걷는 행인들의 머리에.

만년설

　언젠가 만년설이 보이는 방에서 살고 싶다고 그녀는 생각한 적 있다. 창 가까이 서 있는 나무들이 봄에서 여름, 가을에서 겨울로 몸을 바꾸는 동안 먼 산 위엔 언제나 얼음이 얼어 있을 것이다. 어린 시절 열감기에 걸린 그녀의 이마를 번갈아 짚어보던 어른들의 차가운 손처럼.

　1980년 이곳에서 만들어졌다는 흑백영화 한 편을 그녀는 보았다. 주인공 남자는 일곱 살에 아버지를 잃고 조용한 성품의 어머니 슬하에서 성장했다. (스물아홉 살의 젊은 아버지는 동료들과 히말라야를 등반하다가 조난당해 시신을 찾지 못했다.) 성년이 되어 어머니를 떠난 그는 결벽적일 만큼 윤리적인 태도를 지니고 살아가게 되는데, 선택의 순간마다 어째

서인지 히말라야의 설산에 눈이 내리는 압도적인 풍경이 그의 눈을 가리기 때문이다. 그때마다 그는 누구도 쉽게 내리기 어려운 결정을 하고, 그 결과 끊임없이 고초를 겪는다. 부패가 만연한 시대 분위기 속에서 혼자서 뇌물을 받지 않는다는 이유로 동료들에게 따돌림을 받으며 나중에는 린치까지 당한다. 결국 모함에 빠져 직장에서 쫓겨난 뒤 혼자 돌아온 방에서 생각에 잠겨 있을 때, 아득한 설산의 계곡과 봉우리들이 그의 시야를 가득 채운다. 그가 갈 수 없는 곳. 얼어붙은 아버지의 몸이 숨겨진, 인간에게 허락되지 않은 얼음의 땅.

파도

멀리서 수면이 솟아오른다. 거기서부터 겨울 바다가 다가온다. 힘차게, 더 가까이 밀려온다. 파고가 가장 높아진 순간 하얗게 부서진다. 부서진 바다가 모래펄을 미끄러져 뒤로 물러난다.

뭍과 물이 만나는 경계에 서서 마치 영원히 반복될 것 같은 파도의 움직임을 지켜보는 동안(그러나 실은 영원하지 않다—지구도 태양계도 언젠가 사라지니까), 우리 삶이 찰나에 불과하다는 사실이 또렷하게 만져진다.

부서지는 순간마다 파도는 눈부시게 희다. 먼 바다의 잔잔한 물살은 무수한 물고기들의 비늘 같다. 수천수만의 반짝임이 거기 있다. 수천수만의 뒤척임이 있다(그러나 아무것도 영원하지 않다).

진눈깨비

삶은 누구에게도 특별히 호의적이지 않다, 그 사실을 알면서 걸을 때 내리는 진눈깨비. 이마를, 눈썹을, 뺨을 물큰하게 적시는 진눈깨비. 모든 것은 지나간다. 그 사실을 기억하며 걸을 때, 안간힘을 다해 움켜쥐어온 모든 게 기어이 사라지리란 걸 알면서 걸을 때 내리는 진눈깨비. 비도 아니고 눈도 아닌 것. 얼음도 아니고 물도 아닌 것. 눈을 감아도 떠도, 걸음을 멈춰도 더 빨리해도 눈썹을 적시는, 물큰하게 이마를 적시는 진눈깨비.

흰 개

개는 개인데 짖지 않는 개는?

그녀가 이 수수께끼를 처음 들은 건 어렸을 때였다. 언제 누구에게서 들었는지는 이제 기억하지 못한다.

첫 직장을 그만두고 본가에 내려간 스물다섯 살의 여름, 그녀는 이웃집 마당에서 흰 개를 보았다. 그전까지 그 마당에는 사나운 도사견이 살았다. 목을 묶은 줄이 풀리거나 끊어지기만 하면 단박에 달려들어 닥치는 대로 사람을 물어뜯을 것처럼, 녀석은 목줄이 한껏 팽팽해지도록 앞으로 달려나와 짖어대곤 했다. 그 살기에 질려, 묶인 개라는 것을 알면서도 그녀는 최대한 멀찍이 떨어져 그 대문 앞을 지나곤 했었다.

이제 그 도사견 대신 묶여 있는 것은 진돗개의 피가 약간 섞인 듯한 잡종이었다. 흰 털에는 윤기가 없고, 몸 군데군데 동전만하게 털이 빠진 자리에 연분홍색 속살이 드러나 있었다. 그 개는 짖지도, 으르렁거리지도 않았다. 그녀와 처음 눈이 마주친 순간 소스라치며, 자신의 목을 묶은 쇠사슬을 시멘트 바닥에 차르르 끌며 뒤로 물러섰다. 뙤약볕이 뜨거운 팔월이었다. 무더위 때문인지 마을 길엔 인적이 없었다. 개가 계속해서 소스라치며 뒤로 물러설 때마다 쇠사슬 소리가 정적을 깼다. 두 개의 검은 눈이 소리 없이 그녀를 올려다보고 있었다. 그녀가 움직일 때마다 더 소스라치며, 낮은 몸을 더 낮추고 뒤로 물러서며 차르르, 사슬 소리를 냈다. 그녀의 얼굴에서 잠시도 눈을 떼지 않은 채였다. 공포. 그 눈이 공포를 말하고 있다는 것을 그녀는 알아보았다.

저녁에 그 개에 대해 묻자 그녀의 어머니는 대답했다.

누가 와도 짖지를 않고 저렇게 벌벌 떨고만 있으니까, 주인이 다시 팔아버릴 생각을 한단다. 도둑이 와도 저러고 있을 거 아니냐.

그 개는 계속해서 그녀를 무서워했다. 일주일이 지나 이제

익숙해질 만도 했던 마지막 날에도 그녀를 본 순간 몸을 낮추고 뒷걸음질쳤다. 걷어차이거나 목을 졸린 것처럼 옆구리와 목을 스스로 비틀고 외꼬았다. 숨을 몰아쉬는 것 같았지만 그 소리조차 들리지 않았다. 들리는 것은 오직 사슬이 시멘트 바닥에 끌리는 낮은 소리뿐이었다. 여러 달 얼굴을 익혔을 어머니를 보고도 개는 뒷걸음질쳤다. 괜찮다, 괜찮다니까. 낮은 소리로 달래며 어머니는 무연히 그녀를 앞질러 걸어갔다. 끌끌 혀를 차며 중얼거렸다. ……모진 일을 오래 당했던가보다.

개는 개인데 짖지 않는 개는?

그 수수께끼의 싱거운 답은 안개다.

그래서 그녀에게 그 개의 이름은 안개가 되었다. 하얗고 커다란, 짖지 않는 개. 먼 기억 속 어렴풋한 백구를 닮은 개.

그해 겨울 그녀가 다시 본가에 내려갔을 때 안개는 없었다. 자그마한 갈색 불독이 예의 쇠줄에 묶인 채 그녀를 향해 야무지게 으르렁거렸다.

그 개는 어떻게 됐어요?

어머니가 고개를 흔들었다.

주인이 팔고 싶어도 차마 못 팔고 여름을 났는데, 서리 내리고 갑자기 추워졌을 적에 죽었단다. 소리 한번 안 내고 저기 엎드려서…… 사흘인가 나흘인가 암것도 안 먹고 앓다가.

눈보라

몇 년 전 대설주의보가 내렸을 때였다. 눈보라가 치는 서울의 언덕길을 그녀는 혼자서 걸어올라가고 있었다. 우산을 썼지만 소용없었다. 눈을 제대로 뜰 수도 없었다. 얼굴로, 몸으로 세차게 휘몰아치는 눈송이들을 거슬러 그녀는 계속 걸었다. 알 수 없었다. 대체 무엇일까, 이 차갑고 적대적인 것은? 동시에 연약한 것, 사라지는 것, 압도적으로 아름다운 이것은?

재

그해 겨울 그녀는 남동생과 함께 여섯 시간 동안 차에 실려 남쪽 바닷가로 내려갔다. 어머니의 뼛가루가 담긴 유골함은 납골당에, 혼은 멀리 바다가 보이는 작은 절에 모셨다. 새벽마다 승려들이 어머니의 이름을 부르며 독경을 할 것이라고 했다. 석가가 태어난 날이면 영가등을 만들어 어머니를 위해 밝힐 것이라고 했다. 그 빛과 소리들 가까이, 어머니의 재는 돌로 된 서랍 속에서 변함없이 고요할 것이다.

소금

어느 날 그녀는 굵은 소금 한 줌을 곰곰이 들여다봤다. 희끗한 그늘이 진 굴곡진 입자들이 서늘하게 아름다웠다. 무엇인가를 썩지 못하게 하는 힘, 소독하고 낫게 하는 힘이 그 물질에 있다는 사실이 실감되었다.

그전에 그녀는 상처 난 손으로 소금을 집어본 적이 있었다. 음식을 만들다 시간에 쫓겨 손끝을 벤 것이 첫 실수였다면, 그 상처를 처매지 않고 소금을 집은 건 더 나쁜 두번째 실수였다. '상처에 소금을 뿌린다'는 것이 글자 그대로 어떤 감각인지 그때 배웠다.

소금으로 언덕을 만든 뒤 관람객들에게 거기 맨발을 얹도록 하는 설치 작품의 사진을 그녀는 얼마 뒤 보았다. 준비된

의자에 걸터앉아 신발과 양말을 벗은 뒤, 소금 언덕에 두 발을 얹고서 원하는 만큼 앉아 있도록 한 공간이었다. 사진 속 전시실은 어두웠고, 빛이 떨어지는 곳은 사람의 키보다 조금 높은 소금 언덕의 꼭대기뿐이었다. 그늘이 져 얼굴이 잘 보이지 않는 관람객이 의자에 앉아 그 언덕의 비탈에 두 맨발을 올려놓고 있었다. 얼마나 오래 그렇게 있었는지, 흰 소금 산과 여자의 몸이 자연스럽게—기이하게 아프게—하나로 연결되어 있는 것처럼 보였다.

그러려면 상처가 없는 발이어야겠지, 사진을 들여다보다 그녀는 생각했다. 곱게 아문 두 발이라야 거기 얹을 수 있다, 그 소금 산에. 아무리 희게 빛나도 그늘이 서늘한.

달

구름 뒤에 달이 숨는 순간 구름은 갑자기 하얗고 차갑게 빛난다. 먹구름이 섞여 있을 때면 미묘하게 어둑하고 아름다운 무늬를 만든다. 잿빛이거나 연보랏빛이거나 연푸른빛을 띠는 그 무늬 뒤에, 둥글거나 반원이거나, 그보다 갸름하거나 실낱처럼 가는 창백한 달이 숨겨져 있다.

보름의 달을 볼 때마다 그녀는 사람의 얼굴을 보곤 했다. 아주 어렸을 때부터, 어른들이 아무리 설명해줘도 무엇이 두 마리 토끼이고 절구인지 구별할 수 없었다. 생각에 잠긴 것 같은 두 눈과 코의 그늘만 보였다.

달이 유난히 커다랗게 떠오른 밤, 커튼으로 창들을 가리지 않으면 아파트 구석구석으로 달빛이 스며든다. 그녀는 서성

거린다. 생각에 잠긴 거대한 흰 얼굴에서 스며나오는 빛, 거대한 캄캄한 두 눈에서 배어나오는 어둠 속을.

레이스 커튼

얼어붙은 거리를 걷던 그녀가 한 건물의 이층을 올려다본다. 성근 레이스 커튼이 창을 가리고 있다. 더럽혀지지 않는 어떤 흰 것이 우리 안에 어른어른 너울거리고 있기 때문에, 저렇게 정갈한 사물을 대할 때마다 우리 마음은 움직이는 것일까?

새로 빨아 바싹 말린 흰 베갯잇과 이불보가 무엇인가를 말하는 것 같다고 느껴질 때가 있다. 거기 그녀의 맨살이 닿을 때, 순면의 흰 천이 무슨 말을 건네는 것 같다. 당신은 귀한 사람이라고. 당신의 잠은 깨끗하고 당신이 살아 있다는 건 부끄러운 일이 아니라고. 잠과 생시 사이에서 바스락거리는 순면의 침대보에 맨살이 닿을 때 그녀는 그렇게 이상한 위로를 받는다.

입김

어느 추워진 아침 입술에서 처음으로 흰 입김이 새어나오고, 그것은 우리가 살아 있다는 증거. 우리 몸이 따뜻하다는 증거. 차가운 공기가 캄캄한 허파 속으로 밀려들어와, 체온으로 덥혀져 하얀 날숨이 된다. 우리 생명이 희끗하고 분명한 형상으로 허공에 퍼져나가는 기적.

흰 새들

　겨울 바닷가 모래밭에 흰 갈매기들이 모여 있었다. 스무 마리쯤 되었을까? 수평선으로 서서히 기우는 서쪽의 해를 향해 새들은 앉아 있었다. 무슨 침묵의 의식을 치르는 듯 미동도 하지 않고, 영하 이십 도의 추위 속에서 일몰을 지켜보고 있었다. 그녀도 걸음을 멈추고 그들이 바라보는 것—붉어지기 직전의 창백한 광원—을 바라봤다. 뼛속까지 얼어붙을 듯 추웠지만, 정말 그녀의 몸이 뼛속까지 얼어붙지 않은 건 바로 그 빛-열기 덕분이란 것을 알고 있었다.

여름날 서울의 천변을 걷다가 그녀는 두루미를 봤다. 온몸이 희었는데 발만은 밝은 빨강이었다. 새는 반들반들하고 넓적한 바위 위로 올라가 그 두 발을 말리는 중이었다. 그는 그녀가 자신을 바라보고 있는 걸 알았을까? 아마 알았을 것이다. 그녀가 자신을 해치지 않으리란 것도 알았을 것이다. 그래서 그토록 무심히 건너편 기슭을 바라보며 빨간 발을 햇볕에 말리고 있었을 것이다.

왜 흰 새가 다른 색의 새와는 다른 감동을 주는 것인지 그녀는 알지 못한다. 왜 특별히 아름답게, 기품 있게, 때로 거의 신성하게 느껴지는 것일까? 그녀는 이따금 흰 새가 날아가는 꿈을 꾼다. 꿈속에서 흰 새는 아주 가까이, 손에 잡힐 듯 가까이, 아무런 소리도 없이, 햇빛에 깃털들을 빛내며 날아간다. 아무리 멀리 날아가도 시야에서 사라지진 않는다. 영원히 사라지지 않으며 허공을 활공한다. 눈부신 두 날개를 활짝 펼치고.

*

   이 도시에서 그녀의 머리에 흰 새가 잠시 내려앉았다가 날아간 일을 어떻게 받아들여야 할까? 어떤 일로 근심에 잠겨 공원과 개천 둑을 따라 터덜터덜 집으로 돌아오던 길이었다. 한순간 커다란 무엇이 가볍게 그녀의 정수리에 앉았다. 거의 뺨에 닿을 만큼 날개 한 쌍을 양쪽으로 늘어뜨려 그녀의 얼굴을 감싼 다음, 아무 일 없었던 것처럼 푸드덕 날아올라 가까운 건물 지붕에 내려앉았다.

손수건

후미진 주택가 건물 아래를 걷던 늦여름 오후에 그녀는 봤다. 어떤 여자가 삼층 베란다 끝에서 빨래를 걷다 실수로 일부를 떨어뜨렸다. 손수건 한 장이 가장 느리게, 마지막으로 떨어졌다. 날개를 반쯤 접은 새처럼. 머뭇머뭇 내려앉을 데를 살피는 혼처럼.

은하수

겨울이 온 뒤부터 이 도시의 날씨는 거의 매일 흐렸기 때문에 그녀는 더이상 밤하늘의 별들을 볼 수 없었다. 기온이 영하를 넘나들며, 하루는 비가 내리고 다음날엔 눈이 내리는 일이 반복되었다. 기압이 낮아 그녀는 자주 두통을 앓았다. 새들은 매우 낮게 날았다. 오후 세시부터 해가 져서 네시면 사위가 칠흑 같았다.

마치 고국의 자정처럼 캄캄한 오후의 하늘을 올려다보며 걷다가 그녀는 성운들을 생각했다. 시골 본가에 찾아간 밤이면 두 눈 속으로 일제히 쏟아져내리던, 알알의 소금 같은 수천의 별들. 한순간 눈을 씻어 어떤 것도 기억할 수 없게 하던 차고 깨끗한 빛들.

하얗게 웃는다

하얗게 웃는다, 라는 표현은 (아마) 그녀의 모국어에만 있
다. 아득하게, 쓸쓸하게, 부서지기 쉬운 깨끗함으로 웃는 얼
굴. 또는 그런 웃음.

너는 하얗게 웃었지.
가령 이렇게 쓰면 너는 조용히 견디며 웃으려 애썼던 어떤
사람이다.

그는 하얗게 웃었어.
이렇게 쓰면 (아마) 그는 자신 안의 무엇인가와 결별하려
애쓰는 어떤 사람이다.

백목련

스물다섯, 스물네 살의 대학 동기 둘이 비슷한 시기에 죽었다. 버스 전복 사고와 군부대 사고로. 이듬해 이른봄 같은 학번 졸업생들이 십시일반으로 기금을 만들어, 문학 수업을 듣던 강의실이 내려다보이는 언덕에 어린 백목련 두 그루를 심었다.

여러 해 뒤 그 생명 – 재생 – 부활의 꽃나무들 아래를 지나다 그녀는 생각했다. 그때 왜 우리는 하필 백목련을 골랐을까. 흰 꽃은 생명과 연결되어 있는 걸까, 아니면 죽음과? 인도유럽어에서 텅 빔blank과 흰빛blanc, 검음black과 불꽃flame이 모두 같은 어원을 갖는다고 그녀는 읽었다. 어둠을 안고 타오르는 텅 빈 흰 불꽃들―그것이 삼월에 짧게 꽃피는 백목련 두 그루인 걸까?

당의정

자신에 대한 연민 없이, 마치 다른 사람의 삶에 호기심을
갖듯 그녀는 이따금 궁금해진다. 어린 시절부터 그녀가 먹어
온 알약들을 모두 합하면 몇 개일까? 앓으면서 보낸 시간을
모두 합하면 얼마가 될까? 마치 인생 자체가 그녀의 전진을
원하지 않는 것처럼 그녀는 반복해서 아팠다. 그녀가 밝은 쪽
으로 나아가는 것을 막는 힘이 바로 자신의 몸속에 대기하고
있는 것처럼. 그때마다 주춤거리며 그녀가 길을 잃었던 시간
을 모두 합하면 얼마가 될까?

각설탕

열 살 무렵이었다. 막내고모를 따라서 처음으로 커피숍에 갔을 때 그녀는 각설탕을 처음 보았다. 흰 종이에 싸인 정육면체의 형상은 완벽할 만큼 반듯해, 마치 그녀에게 과분한 무엇처럼 느껴졌다. 그녀는 조심스럽게 종이를 벗겨내고 하얀 각설탕의 표면을 쓸어봤다. 귀퉁이를 살짝 부스러뜨려보고, 혀를 대보고, 아찔하게 달콤한 표면을 조금 갉아먹고, 마침내 물잔 속에 넣어 녹는 과정을 지켜보는 탐험을 했다.

이제 그녀는 더이상 단것을 특별히 좋아하지 않지만, 이따금 각설탕이 쌓여 있는 접시를 보면 귀한 무엇인가를 마주친 것 같은 기분이 된다. 어떤 기억들은 시간으로 인해 훼손되지 않는다. 고통도 마찬가지다. 그게 모든 걸 물들이고 망가뜨린다는 말은 사실이 아니다.

불빛들

　겨울이 유난히 혹독한 이 도시에서 그녀는 십이월의 밤을 통과하는 중이다. 창밖은 달 없이 어둡다. 아파트 뒤편의 자그마한 공장 건물은 보안 때문인지 여남은 개의 전등을 밤새 밝혀놓고 있다. 칠흑 같은 어둠 속에 전등들이 띄엄띄엄 만들어놓은 고립된 빛의 공간들을 그녀는 지켜본다. 이곳에 온 뒤부터, 아니 실은 이곳에 오기 전부터 그녀는 깊은 잠을 이루지 못했다. 이제 잠깐 눈을 붙이고 일어난다 해도 창밖은 지금처럼 캄캄할 것이다. 요행히 좀더 오래 잠들었다 깨어날 수 있다면, 더디게 밝는 새벽의 푸르스름한 빛이 암흑의 안쪽에서부터 서서히 스며나오는 것을 보게 될 것이다. 그렇다 해도 저 불빛들은 여전히 명료한 정적과 고립 속에서 하얗게 얼어붙어 있을 것이다.

수천 개의 은빛 점

그런 밤에는 아무런 이유 없이 그 바다가 떠오르기도 한다.

배가 너무 작아서 약간의 파도에도 세차게 흔들렸다. 아홉 살 난 그녀는 겁이 나서 어깨를 웅크렸다. 머리와 가슴을 낮추다못해 바닥에 엎드리다시피 했다. 그러던 한순간, 수천의 은빛 점들이 먼 바다에서부터 밀려와 배 아래를 지나갔다. 단박에 그녀는 무서운 것도 잊어버리고, 압도하는 그 반짝임들이 세차게 움직여가는 쪽을 멍하게 바라봤다.

……멸치떼가 지나갔다야.

배 고물에 무심히 걸터앉아 있던 작은아버지가 웃으며 말했다. 그을린 얼굴에 곱슬곱슬한 머리카락이 늘 헝클어져 있

던, 이태 뒤 마흔을 넘기지 못하고 알코올 중독으로 세상을
떠난 그가.

반짝임

  사람들은 왜 은과 금, 다이아몬드처럼 반짝이는 광물을 귀한 것으로 여기는 걸까? 일설에 의하면 물의 반짝임이 옛 인간들에게 생명을 의미했기 때문이다. 빛나는 물은 깨끗한 물이다. 마실 수 있는─생명을 주는─물만이 투명하다. 사막을, 숲을, 더러운 늪지대를 무리지어 헤매다가 멀리서 하얗게 반짝이는 수면을 발견했을 때 그들이 느낀 건 찌르는 기쁨이었을 것이다. 생명이었을 것이다. 아름다움이었을 것이다.

흰 돌

오래전 그녀는 바닷가에서 흰 조약돌을 주웠다. 모래를 털어낸 뒤 바지 호주머니에 넣었고, 집에 돌아와서는 서랍에 넣어두었다. 파도에 닳아 동그랗고 매끄러운 돌이었다. 속이 들여다보일 듯 희다고 생각했지만, 사실 속이 들여다보일 만큼 투명하지는 않았다. (실은 평범한 하얀 돌이었다.) 가끔 그녀는 그것을 꺼내 손바닥 위에 얹어보았다. 침묵을 가장 작고 단단한 사물로 응축시킬 수 있다면 그런 감촉일 거라고 생각했다.

흰 뼈

통증 때문에 그녀는 전신 엑스레이를 찍은 적이 있다. 청회색 바닷속 같은 뢴트겐 사진 속에 희끗한 해골 하나가 서 있었다. 사람의 몸속에 돌의 물성을 가진 단단한 것이 버티고 있다는 사실이 놀랍게 느껴졌다.

그보다 오래전, 사춘기에 접어들 무렵 그녀는 뼈들의 다양한 이름에 매혹되었다. 복사뼈와 무릎뼈. 쇄골과 늑골. 가슴뼈와 빗장뼈. 인간이 살과 근육으로만 이루어진 존재가 아니라는 사실이 이상하게 다행으로 느껴졌다.

모래

그리고 그녀는 자주 잊었다,

자신의 몸이(우리 모두의 몸이) 모래의 집이란 걸.

부스러져왔으며 부스러지고 있다는 걸.

끈질기게 손가락 사이로 흘러내리고 있다는 걸.

백발

새의 깃털처럼 머리가 하얗게 센 다음에 옛 애인을 만나고 싶다던 중년의 직장 상사를 그녀는 기억한다. 완전히 늙어서…… 한 올도 남김없이 머리털이 하얗게 세었을 때, 그때 꼭 한번 만나보고 싶은데.

그 사람을 다시 만나고 싶다면 꼭 그때.

젊음도 육체도 없이.

열망할 시간이 더 남지 않았을 때.

만남 다음으로는 단 하나, 몸을 잃음으로써 완전해질 결별만 남아 있을 때.

구름

  그 여름 운주사 앞 벌판에서 구름이 지나가는 걸 우린 봤지. 평평한 바위의 표면에 음각으로 새겨진 부처를 바라보며 웅크려 앉아 있었을 때였지. 거대한 흰 구름과 검은 구름 그림자가 빠른 속력으로 먼 하늘과 땅에서 나란히, 함께 흘러 나아갔어.

백열전구

지금 그녀의 책상은 깨끗하게 치워져 있다. 책상 왼편에 놓인 흰 전등 갓 안에서 백열전구가 빛과 열을 발한다.

고요하다.

블라인드를 내리지 않은 창밖으로, 자정 넘어 한산한 도로를 달리는 자동차들의 헤드라이트가 보인다.

아무런 고통도 겪지 않은 사람처럼 그녀는 책상 앞에 앉아 있다.

방금 울었거나 곧 울게 될 사람이 아닌 것처럼.

부서져본 적 없는 사람처럼.

영원을 우리가 가질 수 없다는 사실만이 위안이 되었던 시간 따위는 없었던 것처럼.

백야

　이곳에 와서 그녀는 들었다. 노르웨이 최북단에 사람들이
사는 섬이 있는데, 여름에는 하루 스물네 시간 해가 떠 있으
며 겨울에는 스물네 시간이 모두 밤이라고. 그런 극단 속에서
일상을 살아간다는 것에 대해 그녀는 곰곰이 생각했다. 지금
이 도시에서 그녀가 통과하는 시간은 그렇게 흰 밤일까, 혹
은 검은 낮일까? 묵은 고통은 아직 다 오므라들지 않았고 새
로운 고통은 아직 다 벌어지지 않았다. 완전한 빛이나 완전
한 어둠이 되지 않은 하루들은 과거의 기억들로 일렁거린다.
반추할 수 없는 건 미래의 기억뿐이다. 무정형의 빛이 그녀의
현재 앞에, 그녀가 모르는 원소들로 가득찬 기체와 같은 무엇
으로 어른거리고 있다.

빛의 섬

그녀가 무대에 오른 순간, 강한 조명이 천장에서부터 쏟아져내려와 그녀를 비췄다. 그러자 무대를 제외한 모든 공간이 검은 바다가 되었다. 객석에 누군가 있다는 사실을 실감할 수 없었다. 그녀는 혼란에 빠졌다. 저 해저 같은 어둠 속으로 더듬더듬 걸어내려갈 것인지, 이 빛의 섬에서 더 버틸 것인지.

얇은 종이의 하얀 뒷면

회복될 때마다 그녀는 삶에 대해 서늘한 마음을 품게 되곤했다. 원한이라고 부르기엔 연약하고, 원망이라고 부르기에는 얼마간 독한 마음이었다. 밤마다 그녀에게 이불을 덮어주고 이마에 입 맞춰주던 이가 다시 한번 그녀를 얼어붙은 집 밖으로 내쫓은 것 같은, 그 냉정한 속내를 한 번 더 뼈저리게 깨달은 것 같은 마음.

그럴 때 거울을 들여다보면, 그것이 그녀 자신의 얼굴이라는 사실이 서먹서먹했다.

얇은 종이의 하얀 뒷면 같은 죽음이 그 얼굴 뒤에 끈질기게 어른거리고 있다는 사실을 잊지 않았기 때문이다.

자신을 버린 적 있는 사람을 무람없이 다시 사랑할 수 없는
것처럼, 그녀가 삶을 다시 사랑하는 일은 그때마다 길고 복잡
한 과정을 필요로 했다.

　왜냐하면, 당신은 언젠가 반드시 나를 버릴 테니까.
　내가 가장 약하고 도움이 필요할 때,
　돌이킬 수 없이 서늘하게 등을 돌릴 테니까.
　그걸 나는 투명하게 알고 있으니까.
　그걸 알기 전으로 돌아갈 수 없게 되었으니까.

흩날린다

저물기 전에 물기 많은 눈이 쏟아졌다. 보도에 닿자마자 녹는 눈, 소나기처럼 곧 지나갈 눈이었다.

잿빛 구시가지가 삽시간에 희끗하게 지워졌다. 갑자기 비현실적으로 변한 공간 속으로 행인들이 자신의 남루한 시간을 덧대며 걸어들어갔다. 그녀도 멈추지 않고 걸었다. 사라질—사라지고 있는—아름다움을 통과했다. 묵묵히.

고요에게

  그녀가 이곳을 떠날 날이 가까워질 때,

  더이상 허락되지 않을 이 집의 어둑한 고요에게 건네고 싶은 말이 있을 것이다.

  끝나지 않을 것 같던 밤이 지나가고 커튼 없는 북동쪽 창이 짙푸른 박명을 들여보낼 때,

  군청색 하늘을 등진 미루나무들이 서서히 깨끗한 뼈대를 드러낼 때,

  그녀가 세든 건물의 누구도 아직 집을 나서지 않은 일요일 새벽의 고요에게 건네고 싶은 말이 있을 것이다.

  조금 더 이대로 있어달라고.

아직 내가 다 씻기지 못했다고.

경계

이 이야기 속에서 그녀는 자랐다.

　칠삭둥이로 그녀는 태어났다. 스물세 살 난 어머니가 아무
런 준비도 하지 못했는데 산통이 왔다. 갑자기 첫 서리가 내
린 날이었다. 집엔 어머니 말고 아무도 없었다. 갓난 그녀는
가느다란 소리로 잠시 울었을 뿐 곧 조용해졌다. 조그만 피
묻은 몸에 어머니는 배내옷을 입히고, 얼굴이 가려지지 않도
록 조심조심 솜이불로 감쌌다. 빈 젖을 물리자 아기는 본능적
으로 아주 약하게 빨다 곧 그만두었다. 아랫목에 눕혀둔 아기
는 더이상 울지도, 눈을 뜨지도 않았다. 무서운 예감이 든 어
머니가 이불을 조금씩 흔들어볼 때마다 아기의 눈이 열렸지

만 곧 흐려지며 감겼다. 그나마 언젠가부터는 흔들어도 반응하지 않았다. 하지만 새벽이 되기 전 마침내 어머니의 가슴에서 첫 젖이 나와 아기의 입술에 물려봤을 때, 놀랍게도 아직 숨이 붙어 있었다. 의식 없는 상태로 아기가 젖을 물고 조금씩 삼켰다. 점점 더 삼켰다. 여전히 눈을 뜨지 않은 채. 지금 자신이 넘어오고 있는 경계가 무엇인지 모르는 채.

갈대숲

　밤사이 내린 눈에 덮인 갈대숲으로 그녀가 들어선다. 하나
하나의 희고 야윈, 눈의 무게를 견디며 비스듬히 휘어진 갈대
들을 일별한다. 갈대숲으로 둘러싸인 작은 늪에 야생오리 한
쌍이 살고 있다. 살얼음의 표면과 아직 얼지 않은 회청색 수면
이 만나는 늪 가운데서 나란히 목을 수그려 물을 마시고 있다.

　그것들에게서 돌아서기 전에 그녀는 묻는다.

　더 나아가고 싶은가.

　그럴 가치가 있는가.

　그렇지 않다, 라고 떨면서 스스로에게 답했던 때가 있었다.

이제 어떤 대답도 유보한 채 그녀는 걷는다. 살풍경함과 아름다움 사이에서 절반쯤 얼어 있는 그 늪가를 벗어난다.

흰나비

만일 삶이 직선으로 뻗어 있는 것이 아니라면, 어느 사이
그녀는 굽이진 모퉁이를 돌아간 자신을 발견할지도 모른다.
문득 뒤돌아본다 해도 그동안 자신이 겪은 어떤 것도 한눈에
보이지 않는 새로운 국면으로 접어들었다는 사실을 깨닫게
될지도 모른다. 그 길은 눈이나 서리 대신 연하고 끈덕진 연
둣빛 봄풀들로 덮여 있을지도 모른다. 문득 팔락이며 날아가
는 흰나비가 그녀의 눈길을 잡아채고, 떨며 번민하는 혼 같은
그 날갯짓을 따라 그녀가 몇 걸음 더 나아가게 될지도 모른
다. 그제야 주변의 모든 나무들이 무엇인가에 사로잡힌 듯 되
살아나고 있다는 사실을, 숨막히는 낯선 향기를 뿜고 있다는
사실을, 더 무성해지기 위해 위로, 허공으로, 밝은 쪽으로 타
오르고 있다는 사실을 깨달을지도 모른다.

넋

넋이 존재한다면, 그 보이지 않는 움직임은 바로 그 나비를 닮았을 거라고 그녀는 생각해왔다.

그렇다면 이 도시의 혼들은 자신들이 총살된 벽 앞에 이따금 날아들어, 그렇게 소리 없는 움직임으로 파닥이며 거기 머무르곤 할까? 그러나 이 도시의 사람들이 그 벽 앞에 초를 밝히고 꽃을 바치는 것이 넋들을 위한 일만은 아니라는 것을 그녀는 안다. 살육당했던 것은 수치가 아니라고 믿는 것이다. 가능한 한 오래 애도를 연장하려 하는 것이다.

그녀는 자신이 두고 온 고국에서 일어났던 일들을 생각했고, 죽은 자들이 온전히 받지 못한 애도에 대해 생각했다. 그 넋들이 이곳에서처럼 거리 한복판에서 기려질 가능성에 대해 생각했고, 자신의 고국이 단 한 번도 그 일을 제대로 해내지 못했다는 사실을 깨달았다.

그리고 그보다 사소하게, 그녀는 자신의 재건에 빠진 과정이 무엇이었는지도 알게 되었다. 물론 그녀의 몸은 아직 죽지 않았다. 그녀의 넋은 아직 육체에 깃들어 있다. 폭격에 완전히 부서지지 않아 새 건물 앞에 옮겨 세운 벽돌 벽의 일부— 깨끗이 피가 씻겨나간 잔해—를 닮은, 이제 더이상 젊지 않은 육체 속에.

부서져본 적 없는 사람의 걸음걸이를 흉내내어 여기까지 걸어왔다. 꿰매지 않은 자리마다 깨끗한 장막을 덧대 가렸다. 결별과 애도는 생략했다. 부서지지 않았다고 믿으면 더이상 부서지지 않을 거라고 믿었다.

그러니 몇 가지 일이 그녀에게 남아 있다;

거짓말을 그만둘 것.

(눈을 뜨고) 장막을 걷을 것.

기억할 모든 죽음과 넋들에게—자신의 것을 포함해—초를 밝힐 것.

쌀과 밥

저녁으로 먹을 쌀과 물을 사기 위해 그녀는 계속해서 걷는다. 이 도시에서 찰진 쌀을 구하는 것은 쉽지 않은 일이다. 큰 슈퍼마켓에서만 오백 그램씩의 스페인산 쌀을 조그만 비닐봉지에 담아 판다. 그걸 사서 집으로 돌아오는 길, 그녀의 가방 속에서 흰 쌀들은 고요하다. 방금 지은 밥을 담은 그릇에서 흰 김이 오르고 그 앞에 기도하듯 앉을 때, 그 순간 느낄 어떤 감정을 그녀는 부인하지 못한다. 그걸 부인하는 것은 불가능하다.

3

모

든

흰

첫 딸아이를 잃은 이듬해 어머니는 두번째로 사내 아기를 조산했다. 첫 아기보다도 달수를 못 채우고 나온 그는 눈 한 번 떠보지 못한 채 곧 죽었다고 했다. 그 생명들이 무사히 고비를 넘어 삶 속으로 들어왔다면, 그후 삼 년이 흘러 내가, 다시 사 년이 흘러 남동생이 태어나는 일은 생기지 않았을 것이다. 어머니가 임종 직전까지 그 부스러진 기억들을 꺼내 어루만지는 일도 없었을 것이다.

그러니 만일 당신이 아직 살아 있다면, 지금 나는 이 삶을 살고 있지 않아야 한다.

지금 내가 살아 있다면 당신이 존재하지 않아야 한다.

어둠과 빛 사이에서만, 그 파르스름한 틈에서만 우리는 가까스로 얼굴을 마주본다.

당신의 눈

당신의 눈으로 바라볼 때 나는 다르게 보았다. 당신의 몸으로 걸을 때 나는 다르게 걸었다. 나는 당신에게 깨끗한 걸 보여주고 싶었다. 잔혹함, 슬픔, 절망, 더러움, 고통보다 먼저, 당신에게만은 깨끗한 것을 먼저. 그러나 뜻대로 잘되지 않았다. 종종 캄캄하고 깊은 거울 속에서 형상을 찾듯 당신의 눈을 들여다봤다.

그때 그 외딴 사택이 아니라 도시에 살았더라면. 어머니는 성장기의 나에게 말하곤 했다. 구급차에 실려 병원으로 갈 수 있었더라면. 당시 막 도입되었던 인큐베이터에 그 달떡 같은 아기를 넣었더라면.

그렇게 당신이 숨을 멈추지 않았다면. 그리하여 결국 태어나지 않게 된 나 대신 지금까지 끝끝내 살아주었다면. 당신의 눈과 당신의 몸으로, 어두운 거울을 등지고 힘껏 나아가주었다면.

수의

어떻게 하셨어요, 그 아이를?

스무 살 무렵 어느 밤 아버지에게 처음 물었을 때, 아직 쉰이 되지 않았던 그는 잠시 침묵하다 대답했다.

겹겹이 흰 천으로 싸서, 산에 가서 묻었지.

혼자서요?

그랬지, 혼자서.

아기의 배내옷이 수의가 되었다. 강보가 관이 되었다.

아버지가 주무시러 들어간 뒤 나는 물을 마시려다 말고 딱딱하게 웅크리고 있던 어깨를 폈다. 명치를 누르며 숨을 들이마셨다.

언니

언니가 있었다면, 생각하던 어린 시절이 있었다. 나보다 꼭 한 뼘 키가 큰 언니. 보풀이 약간 일어난 스웨터와 아주 조금 상처가 난 에나멜 단화를 물려주는 언니.

엄마가 아플 때면 코트를 걸치고 약국에 다녀오는 언니. *쉿, 조용조용히 걸어야지.* 자신의 입술에 집게손가락을 대며 나무라는 언니. *이건 아주 간단한 거야, 쉽게 생각해봐.* 내 수학문제집 여백에 방정식을 적어가는 언니. 얼른 암산을 하려고 찌푸려진 이마.

발바닥에 가시가 박힌 나에게 앉아보라고 하는 언니. 스탠드를 가져와 내 발 언저리를 밝히고, 가스레인지 불꽃에 그슬려 소독한 바늘로 조심조심 가시를 빼내는 언니.

어둠 속에 웅크려 앉은 나에게 다가오는 언니. 그만 좀 해, 네가 오해한 거라니까. 짧고 어색한 포옹. 제발 일어나. 밥부터 먹자. 내 얼굴을 스치는 차가운 손. 빠르게 내 어깨에서 빠져나가는 그녀의 어깨.

백지 위에 쓰는 몇 마디 말처럼

물큰하게 방금 보도를 덮은 새벽 눈 위로 내 검은 구두 자국들이 찍히고 있었다.

백지 위에 쓰는 몇 마디 말처럼.

떠날 때 아직 여름이었던 서울이 얼어 있었다.

뒤돌아보자 구두 자국들이 다시 눈에 덮이고 있었다.

희어지고 있었다.

소복

결혼식을 앞둔 이들은 서로의 부모에게 옷을 선물해야 한
다. 산 자에게는 비단옷을, 망자에게는 무명 소복을.

함께 가줄 거지, 라고 동생은 전화로 물었다. 누나가 올 때
까지 기다렸어.

동생의 신부가 마련해온 흰 무명 치마저고리를 나는 바위
위에 올렸다. 아침마다 독경 뒤에 어머니의 이름이 불리워지
는 절 아래 풀숲이었다. 동생이 건넨 라이터로 소매에 불을
붙이자 파르스름한 연기가 일었다. 흰옷이 그렇게 허공에 스
미면 넋이 그것을 입을 거라고, 우리는 정말 믿고 있는가?

연기

　입을 다문 채 우리들은 끈질기게 바라보고 있었다. 거대하게 부푼 잿빛 날개 같은 연기가 허공에 스미고 있었다. 사라지고 있었다. 삽시간에 저고리를 태운 불이 치마로 타들어가는 것을 나는 봤다. 무명 치마의 마지막 밑단이 불꽃 속으로 빨려들어갈 때 당신을 생각했다. 당신, 올 수 있다면 지금 오기를. 연기로 지은 저 옷을 날개옷처럼 걸쳐주기를. 말 대신 우리 침묵이 저 연기 속으로 스미고 있으니, 쓴 약처럼, 쓴 차처럼 그걸 마셔주기를.

침묵

길었던 하루가 끝나면 침묵할 시간이 필요하다. 난롯불 앞
에서 자신도 모르게 그렇게 하듯, 침묵의 미미한 온기를 향해
굳은 손을 뻗어 펼칠 시간이.

아랫니

언니, 라고 부르는 발음은 아기들의 아랫니를 닮았다. 내 아이의 연한 잇몸에서 돋아나던, 첫 잎 같은 두 개의 조그만 이.

이제 내 아이는 자라 더이상 아기가 아니다. 열세 살 그 아이의 목까지 이불을 끌어올려 덮어준 뒤, 고른 숨소리에 잠시 귀기울이다 텅 빈 책상으로 돌아온다.

작별

죽지 마. 죽지 마라 제발.

말을 모르던 당신이 검은 눈을 뜨고 들은 말을 내가 입술을 열어 중얼거린다. 백지에 힘껏 눌러쓴다. 그것만이 최선의 작별의 말이라고 믿는다. 죽지 말아요. 살아가요.

모든 흰

당신의 눈으로 흰 배춧속 가장 깊고 환한 곳, 가장 귀하게 숨겨진 어린 잎사귀를 볼 것이다.

낮에 뜬 반달의 서늘함을 볼 것이다.

언젠가 빙하를 볼 것이다. 각진 굴곡마다 푸르스름한 그늘이 진 거대한 얼음을, 생명이었던 적이 없어 더 신성한 생명처럼 느껴지는 그것을 올려다볼 것이다.

자작나무숲의 침묵 속에서 당신을 볼 것이다. 겨울 해가 드는 창의 정적 속에서 볼 것이다. 비스듬히 천장에 비쳐진 광선을 따라 흔들리는, 빛나는 먼지 분말들 속에서 볼 것이다.

그 흰, 모든 흰 것들 속에서 당신이 마지막으로 내쉰 숨을 들이마실 것이다.

우리가 인간이라는 사실과 싸우는 일은 어떻게 가능한가?

권희철(문학평론가)

1.

　한강은 자신의 일련의 작업들이 일종의 '질문'으로 받아들여지기를 바란다고 말한 적이 있다. 그것은 작품의 모호한 부분을 의미심장하게 치장하려는 진부한 시도가 아니다. 작가가 각 작품에 대응시키고 있는 질문들은 해당 작품들을 작동시키는 동력원에 해당한다. 질문들의 목록은 다음과 같다. '이토록 폭력과 아름다움이 뒤섞인 세계를 견딜 수 있는가, 껴안을 수 있는가'(『채식주의자』, 2007), '삶을 살아내야 하는가, 그것이 가능한가'(『바람이 분다, 가라』, 2010), '삶을 살아내야만 한다면, 인간의 어떤 지점을 바라볼 때 그것이 가능한가'(『희랍어 시간』, 2011), '내가 정말 인간을 믿는가, 이미 나는 인간을 믿지 못하게 되었는데 어떻게 이제 와서 인간을 믿

겠다고 하는 것일까'(『소년이 온다』, 2014).[1]

작가의 말에 이렇게 덧붙이고 싶다. "물음들은 대답에 이르는 길들이다. 대답이 언젠가 주어지게 될 경우, 그 대답은 사태실상에 대한 진술 속에 존립하는 것이 아니라 사유의 어떤 변화 속에 존립할 것이다."[2]

풀어서 다시 쓰면 이렇다. 질문은 어떤 대답을 향해 나아간다. 하지만 대답은 무엇인가를 해명하며 질문을 해소하는 진술 속에 있지 않다. 질문이 충분히 개진되었을 때, 그 질문을 숙고하고 있는 사유 그 자체가 변화하는데, 바로 그 '변화' 안에 답이 들어 있는 것이다. 그러므로 질문은 질문 그 자체로, 보다 정확히는 스스로를 밀고 나아가다가 다른 질문이 되고 마는 일련의 이행 자체로 작동해야만 한다. 해결책으로서의 답은 존재하지 않는다. 답을 찾아냈다고 생각되는 순간이 오히려 어서 빨리 끝을 보고 싶은 초조함 때문에 질문을 숙고하던 사유가 끝낼 수 없는 사유의 운동으로부터 물러서서 자신

---

1 2016년 5월 24일 기자간담회에서의 한강 작가의 말이다. 작가의 말은 다수의 기사(http://ch.yes24.com/Article/View/30861 등)에서 확인할 수 있는데,『채식주의자』에서『소년이 온다』까지의 질문의 연쇄에 대한 내용은 대부분 김연수 작가와의 대담「사랑이 아닌 다른 말로는 설명할 수 없는」(『창작과비평』2014년 가을호)에도 포함되어 있다.
2 마르틴 하이데거,『사유의 사태로』, 문동규·신상희 옮김, 길, 2008, 141쪽.

의 운동을 중단한 순간이 될 수 있다.

그러므로 그간의 한강의 소설들을 다시 읽는 이 자리에서, 섬세한 해석을 통해 정확한 '답'을 찾아내기보다, 차라리 질문들 사이의 간격 혹은 변화를 더듬으면서 그 사유의 운동을 우리의 읽기 안에서 다시 발생시켜야 한다.

2.

『채식주의자』의 영혜가 절실하게 체험했던 것처럼, 인간적 삶의 방식이라는 것이 결국 저마다의 가장 깊은 곳으로부터 폭력으로 얼룩진 어떤 끔찍한 얼굴을 간직하고 있는 것이라면, 우리는 스스로가 더이상 인간이 아니기를 바랄 때에만, 인간적 상황에서 탈출하고자 하는 몸짓을 진지하게 수행할 때에만, 간신히 인간적인 무엇인가를 보존할 수 있다.[3] 그

---

3 육식에 대한 거부에서 시작해서 인간적 상황 그 자체에 대한 거부에 도달하는 『채식주의자』(2007)의 문제 제기는 첫 장편소설 『검은 사슴』(1998)의 다음과 같은 장면에서 시작해서 심화·확대된 듯하다. "처음 의선과 함께 시장에 갔을 때 의선은 정육점 앞이나 생선가게 앞을 지날 때마다 온몸을 떨었다. (……) 왜 고기를 먹지 않느냐고 내가 묻자 의선은 다소 곤혹스러운 얼굴로 긴 대답을 했었다. /그냥…… 소나 돼지나 닭이나, 어떤 짐승이 죽어야 내가 그 살을 먹는 거잖아요? 결국 그 짐승이 죽는 대가로 내가 조금 더 건강해진다는 건데…… 아무래도 나 자신이 그 짐승보다 낮다고 여겨지지 않아

렇게 본다면 나무가 되고자 하는 영혜[4]야말로 가장 인간적

요. (······) 내가 그 짐승의 살을 먹고, 그 짐승보다 오래 살아야 할 이유도, 자격도 없다
는 생각이 드는 거예요."(『검은 사슴』, 문학동네, 2005(1998), 255~256쪽) 그것이 『검
은 사슴』의 중심을 차지하는 질문은 아니었지만, 적어도 이 장면에서 의선은 '인간적 상
황이 인간 이외의 것들을 파괴하면서만 유지될 수 있는 것이라면, 인간적 상황을 빠져나
가지 않는 것이 윤리적으로 가능한가?'라고 묻기 위해 준비하고 있는 듯하다. 이 질문은
물론 『채식주의자』의 영혜가 이어받고 있는 그것이다.

4   예컨대 이런 문장들. "나, 내장이 다 퇴화됐다고 그러지, 그치." "나는 이제 동물이 아
니야 언니." "밥 같은 거 안 먹어도 돼. 살 수 있어. 햇빛만 있으면."(『채식주의자』, 창비,
2007, 186쪽) 그러나 나무가 되고자 하는 이 몸짓의 핵심은 음식 섭취를 거부하고 햇빛
쪽으로 노출되기를 지향하며 물구나무를 서서 나무의 어떤 속성들을 비슷하게 흉내내는
데 있지 않다. 인간적 조건으로부터 빠져나오기라는 기울기를 만드는 것, 현재의 위치에
서 이탈하는 것이 이 몸짓의 전부이다. 여기서 들뢰즈와 가타리의 문장들을 참고할 만하
다. "되기(=생성)는 결코 관계 상호 간의 대응이 아니다. 그렇다고 해서 유사성도, 모방
도, 더욱이 동일화도 아니다. (······) 이 되기는 자기 자신[생성 그 자체―인용자] 외에
는 아무것도 생산하지 않는다."(질 들뢰즈·펠릭스 가타리, 『천 개의 고원―자본주의와
분열증 2』, 김재인 옮김, 새물결, 2001, 452쪽) 한강의 소설이 식물과 동물, 여성과 남성,
사랑과 폭력, 빛과 어둠으로 삶을 단순화하며 가르고 그 가운데 전자의 것들에 대한 선호
를 드러낸다고 읽으며 그 선한 의지에 동의를 표시하는 것이야말로 한강의 소설을 단순
화시키는 것일지도 모른다. 한강은 『검은 사슴』의 '작가의 말'에서부터 이미 '어둠을 이
기는 빛'이 아니라 '빛과 어둠을 동시에 감싸고 있는 것'에 대해서 썼다("말과 침묵, 어둠
과 빛, 꿈과 생시, 죽음과 삶, 기억과 현실 사이에 공간이 있다. 그 공간은 사이에만 있을
뿐 아니라, 그것들을 안팎으로 둘러싸며 가득차 있다. 내 말들이 그 공간을 진실하게 통
과해 나올 수 있기를 간절히 빌었다", 439쪽). 이 공간에 대한 통찰은 '작가의 말'에 얌전
히 모셔진 장식품이 아니라 한강 소설 안에서 실질적으로 작동하고 있는 어떤 것이다. 말
하자면 짐승 대신에 식물이 되고자 하며 어둠 대신에 빛을 추구하는 선한 의지의 표명보
다 두 요소들 사이의 근본적인 관계에 대한 탐구가, 거기에서부터만 물어질 수 있는 어떤
질문들이, 한강의 소설에는 들어 있는 것이다. 이 점에 대해서 이 글의 끝부분에서 『흰』
(2016)과 함께 다시 말할 기회가 있을 것이다.

인 무엇인가를 보존하고 있는 인물이 된다. 그러나 나무가 되어가고 있다고 믿으며 음식 섭취를 거부하는 영혜는 실제로는 정신병원에 갇혀 죽어가고 있을 뿐이지 않은가("하지만 뭐야. (……) 넌 죽어가고 있잖아." "그 [정신병원의―인용자] 침대에 누워서, 사실은 죽어가고 있잖아. 그것뿐이잖아", 206~207쪽). 하지만 영혜는 되묻는다. "……왜, 죽으면 안 되는 거야?"(191쪽) 영혜의 몸짓이 그저 죽어가는 것일 뿐이라고 하더라도, 왜 죽으면 안 되는 걸까? 왜 살아남아야만 하는 것일까? 인간으로서 살아남는다는 것은 다른 존재자들을 그리고 다른 인간들을 착취하고 파괴하며 상처주는 것을 동반하거나 최소한 그런 사태 전반을 외면하는 것인데도. 그러므로『채식주의자』안에서도 이미 질문은 변화하고 있다. 처음에는 '인간적 상황이 인간 이외의 것들을, 심지어 다른 인간들을 파괴하면서만 유지될 수 있는 것이라면, 인간적 상황으로부터 빠져나오지 않는 것이 윤리적으로 가능한가?', 그리고 나중에는 '그러나 인간적 상황에서 빠져나오려는 윤리적 몸짓은 다만 죽음으로 귀결되는가? 그 결론을 우리는 수용할 수 있는가? 그럴 수 없다면, 왜 죽으면 안 되는 것인가? 왜 삶을 이어가야만 하는가? 윤리적 몸짓 안에서 우리가 인간적 삶을 껴안는 것이 도대체 가능한 일인가?'.

이 질문은 죽어가는 영혜로부터 동생을 살려내려는 언니 인혜에게로 건네지며 『채식주의자』의 마지막 장면을 이룬다.

어째서인지 한낮의 여름 나무들이 마치 초록빛의 커다란 불 꽃들처럼 그녀의 눈앞에 어른거린다. (……) 무정한 바다처 럼 세상을 뒤덮은 숲들의 물결이 그녀의 지친 몸을 휩싸며 타 오른다. (……)

그녀는 알 수 없다. 그것들의 물결이 대체 무엇을 말하는지. (……)

그것은 결코 따뜻한 말이 아니었다. 위안을 주며 그녀를 일 으키는 말도 아니었다. 오히려 무자비한, 무서울 만큼 서늘한 생명의 말이었다. 어디를 둘러보아도 그녀는 자신의 목숨을 받아줄 나무를 찾아낼 수 없었다. 어떤 나무도 그녀를 받아들 이려 하지 않았다. 마치 살아 있는 거대한 짐승들처럼, 완강하 고 삼엄하게 온몸을 버티고 서 있을 뿐이었다.(205~206쪽)

조용히, 그녀는 숨을 들이마신다. 활활 타오르는 도로변의 나무들을, 무수한 짐승들처럼 몸을 일으켜 일렁이는 초록빛의

불꽃들을 쏘아본다. 대답을 기다리듯, 아니, 무엇인가에 항의하듯 그녀의 눈길은 어둡고 끈질기다.(221쪽)

인혜는 영혜에게 나무가 되기 위해서라도 일단 밥을 먹고 살아나야 한다고 설득하려 했지만, 인혜야말로 자살을 시도한 적이 있다. 그간의 삶이란 고통과 치욕을 마비시키며 견뎌온 것일 뿐 진정 살아 있다는 감각을 느껴본 적 없다는 사실을 어느 날 문득 깨달아버렸기 때문이다.("이 모든 것은 무의미하다. / 더이상은 견딜 수 없다. / 더 앞으로 갈 수 없다. / 가고 싶지 않다. /(……) 그녀는 이미 깨달았었다. 자신이 오래전부터 죽어 있었다는 것을", 200~201쪽) 인혜는 자살하기 위해 목을 맬 끈을 들고 그 끈을 매기에 적당한 나무를 찾아 아파트 뒤편의 산을 오르며 "이상한 평화"(202쪽)를 느끼기까지 했다. 하지만 인혜는 자살할 수 없었다. "어디를 둘러보아도 그녀는 자신의 목숨을 받아줄 나무를 찾아낼 수 없었다. 어떤 나무도 그녀를 받아들이려 하지 않았다. 마치 살아 있는 거대한 짐승들처럼, 완강하고 삼엄하게 온몸을 버티고 서 있을 뿐이었다." 나무들은 목숨을 받아주는 대신에 인혜에게 "무서울 만큼 서늘한 생명의 말"을 건네고 있었다. 인혜는 그 말의 의미를 알 수 없다고 했지만, 우리는 그 의미의 대략을 짐작할 수 있다. '살아 있으라! 너의 삶을 거둬가고 대신에 평화로운 휴식인 죽음을 선물할 나무는 세상에 없다. 너의 자살을 거부한다. 살아 있으라!' 더이상 견딜 수 없고, 더 앞으로 갈 수 없는 그 삶을 이어가라는 명령이므로 그것은 '서늘한' 생명의 말이었고, 이행 불가능한 것을 단호하게 명령하고 있으므로 나무는 거대한 짐승으로 느껴졌다. 나중에 영혜의 질문을 이어받은 인혜는 서늘한 생명의 말을 건네는 초록 불꽃 짐승을 다시 떠올리며, 항의하듯 대답을 기다린다. 초록 불꽃 짐승의 명령을 받아들이는 것이 가능한가? 대체 어떻게 인간적 삶을 껴안을 수 있단 말인가?

이렇게 해서 『채식주의자』의 두번째 질문 묶음은 후반부 쪽으로 기울어지게 된다. 차라리 죽음을 택하겠다는 듯한 '왜 죽으면 안 되는 거야?'로부터 '어떻게 인간적 삶을 껴안을 수 있는가?'로.

3.

 '어떻게 인간적 삶을 껴안을 수 있는가?'『바람이 분다, 가라』(2010)와『희랍어 시간』(2011)은 모두 이 질문에 직접 연결되어 있다.

 『바람이 분다, 가라』의 경우 서인주의 죽음이 자살이라는 주장을 반박하기 위해 분투하던 이정희가, 서인주가 삶을 선택했다고 믿었듯 그 자신이 사력을 다해 삶을 선택하면서 끝난다.『희랍어 시간』의 경우 죽음과도 같은 침묵 속에 잠겨 있던 여자가, 시력을 잃어가고 있기 때문에 세계를 잃게 되리라고 예감하면서도 세계의 그 덧없는 아름다움을 적극적으로 끌어안으려는 한 남자(71, 83~84쪽)와의 만남을 계기로, 말을 회복하고 죽음과도 같은 침묵의 심해로부터 삶의 뭍으로 솟아오르는 것으로 끝이 난다.『바람이 분다, 가라』와『희랍어 시간』은 삶을 껴안는 데 성공하는 인물을 연달아 그려 보이고 있는 것일까?

 이 과정에서 '어떻게 인간적 삶을 껴안을 수 있는가?'에 답하느라,『바람이 분다, 가라』에서는 서인주와 서인주의 외삼촌이자 이정희의 고등학생 시절 연인이었던 이동주의 예술에 대한 관념과 우주론이 제시된다. 요약하자면 이렇게 될 것이다. 시공간조차도 없는 에너지 0의 혼돈으로부터 우주는 태어났다. 어떤 확률적 순간, 마치 천지창조의 신화와도 같이, 에너지 0의 벽을 뚫고 시공간이 급팽창하고 물질이 생성됐다. 0은 스스로 무한이 됐다. 무한이 된 0이 추는 춤 속에서 모든 물질과 사건들이 튀어나왔다. 우리가 이 명제를 이해하기 어려운 것은 0이 다만 비어 있다고 생각하기 때문이다. "아마 물고기는 물이 텅 빈 공간이라고 생각할 거야. 우리가 공기를 마시면서도 허공이 텅 비었다고 생각하는 것처럼. 하지만 허공은 결코 비어 있지 않아. 바람이 불고, 벼락이 치고, 강한 압력으로 우리 몸을 누르지."(70쪽) 다시 말하지만 우주가 팽창되어 나올 점, 혹은 점조차도 아닌 충만한 0에서부터 모든 것은 태어났다. 말하자면 우주의 모든 물질은 본래 하나였으며 동일한 중성자가 양자와 어떻게 결합하느냐에 따라 다른 물질이 되었던 것뿐이다. 이와 같은 방식으로 우주를 이해하기로 하자면, 우리 모든 존재자들은 서로 연결되어 있으며 그 가운데 아무리 볼품없어 보이는 것일지라도 이미 0이었고 무한이었다. 이러한 사실을 이해할 때 우리에게 주어진 삶을 어떤 격렬한 것으로 다시 바라볼 수 있다.(44, 61~62, 69~71쪽) 그렇게 보기로 한다면, 우리는 너덜너덜하게 찢어진 이 삶 가운데서도 성스러움을 예감할 수 있는 것이다.(151쪽) 이동주의 먹그림, 그리고 그것을 재현하려고 했던 서인주의 작업은, 텅 비어 있는 것처럼 보이는 어둠 속에 불고 있는 보이지 않는 바람, 그 바람의 결마다 맺혀 있는 에너지의 실핏줄을 재현하며 무한의 춤을 가시화하고 있는 것이 아닌가. 무한의 춤에 연결되어 있음을 재확인하며 그 춤을 이어서 추기 위해서, 비가시적인 그 바람을 향해, 그 바람에 관통당하며 나아가라는 명령이 그들의 작품에서 울려나오며 이 소설의 제목에 이르지 않았는가. 그러므로 어떻게 이동주와 서인주의 먹그림에서 생명의 불꽃을 보지 않을 수 있겠는가. 그 불꽃에 힘입어 우리 안의 불꽃을 타오르게 하지 않을 수 있겠는가. 여기까지 오고 나면 '어떻게 인간적인 삶을 껴안을 수 있는가?'에 대한 어떤 대답에 이른 것일까. 그렇게 해서 이 곤란한 질문을 해소할 수 있게 된 것일까. 혹은 이 질문 자체를 다른 것으로 변경시킬 수 있었을까?

별로 그런 것 같지 않다. 이정희 자신부터가 앞서 소개한 우주론을, 여기 제시된 대답들을 믿지 못하고 있다.(67쪽) 이정희는 서인주에게서 삶의 의지를 읽어내려 했지만, 류인섭이 읽어낸 서인주의 죽음의 인력은 얼마나 강력한 것인가.(311~313쪽) 서인주의 죽음에 관한 이정희의 진실 찾기도 실상 빈틈이 많은, 반박 가능한 퍼즐 맞추기였을 뿐이다.(219, 261쪽) 작가가 삶에 대한 선택을 분명하게 드러내기 위해 썼다고 밝힌[5] 마지막 장면조차도 얼마든지 죽음에 대한 선택과 갈망으로 읽힐 수 있다.

　그러니까, 생명이 우리한테 있었던 게 예외적인 일, 드문 기적이었던 거지.
　그 기적에 나는 때로 칼집을 낸 거지. 그때마다 피가 고였지. 흘러내렸지.
　하지만 알 것 같아.
　내가 어리석어서가 아니었다는 걸.
　피할 수 없는 길이었다는 걸.
　……지금 내가, 그 얼음 덮인 산을 피하지 않으려는 것처럼.(386쪽)

　이 대목이, 기적과도 같은 생명에 칼집을 내고 피를 흘리게

5　강계숙·한강 대담, 「삶의 숨과 죽음의 숨 사이에서」, 『문학과사회』 2010년 봄호, 343, 345쪽.

하는 것을 피할 수 없었다는 것으로 읽히지 않는가. 서인주가 어머니의 삶을 파괴한 상징적 장소인 미시령을 피하지 않음으로써 자신의 삶이 파괴되는 것을 피하지 않겠다는 것으로. 그리고 보면 저 앞에서 소개한 0과 무한에 대한 관념들도, 결국 그것이 무한에 합류하는 길이니 죽음을 두려워할 필요가 없다는 음산한 유혹으로 바꿔 읽는 것이 얼마든지 가능해진다.

『희랍어 시간』의 경우도 사정은 비슷해 보인다. 여자가 말을 잃게 만드는 '그것'은 그렇게 간단하게 길들여질 수가 없다. "그렇게 간단할 수는 없었다."(56쪽) "아니오. (……) 그렇게 간단하지 않아요."(13쪽) 삶은, 세계는, "캄캄한 암흑 속에서 수많은 변수들이 만나 우연히 허락된 가능성, 아슬아슬하게 잠시 부풀어오른 얇은 거품"일 뿐이어서, "하마터면 넌 못 태어날 뻔했지"(52쪽). 그 우연히 허락된 아슬아슬한 삶의 가능성은 언제고 허물어질 듯 위태롭고, 그 위태로움은 무엇으로도 해결 불가능하고, 그러므로 죽음충동처럼 '그것'은 언제고 찾아와 다시 말을 빼앗아버릴 수 있다. 그리고 여자는 오히려 말을 통해 연결된 삶과 세계에서 고통을 느끼며 반대로 죽음과도 같은 침묵 속에서 편안함을 느끼고 있다.(15~16, 30~31, 56~57쪽) 여자가 이 소설의 마지막 장면에서 '숲'이라는 말을 발음했지만, 그래서 삶의 뭍으로 올라온 것은 사실이지만, 그것으로 충분히 안정적으로 삶을 선택하고 대지에 정착한 것은 아니며 언제고 다시 죽음과도 같은 침묵의 심해로 빨려들어갈 가능성은 남아 있다. 단지 '어떻게 인간적인 삶을 껴안을 수 있는가?' 하는 물음에 이 소설이 그저 불확실한 방법만을 제시했다는 것이 아니다. 『희랍어 시간』이 보여주는 삶에 대한 이해 속에서는, 어떤 방법으로 삶을 수락하고 선택하더라도 '그것'(삶의 척력? 죽음의 인력?) 앞에서 인간은 다시 침묵과 어둠 속으로 빨려들어갈 것만 같다는 것이다.

이 두 편의 소설에서 '어떻게 인간적인 삶을 껴안을 수 있는가?' 하는 질문은 만족스러운 정답을 구한 것도 아니고 스스로를 끝까지 전개해 다른 질문으로 변형된 것도 아니다. 그렇게 해서 두 작품이 실패했다거나 어떤 결함을 가지고 있다고 주장하려는 것이 아니다. 다만 이 두 소설이 '어떻게 인간적인 삶을 껴안을 수 있는가?'에 답하기 위해 도전했고, 답을 구하고자 하는 안간힘과 절박함 같은 것으로 우리 안의 무엇인가를 전율시키지만, '삶을 선택해야만 한다'거나 '인간은 인간을 껴안아야 하고, 그것이 인간을 살게 한다'[6]는 아직 충분히 정교해지지 않은 답변에서 성급하게 멈춰 서지 않도록, 그러한 성급함의 실패에 충실하고, 한강의 글쓰기가 여전히 '어떻게 인간적인 삶을 껴안을 수 있는가?' 하는 질문을 보존하며 그 안에 머물러 그 질문을 견디게끔 했다고 말하고 싶은 것이다.

4.

그러므로 『바람이 분다, 가라』(2010)와 『희랍어 시간』(2011)에 이어 『소년이 온다』(2014)가 반복해서 이 질문을 견디며 숙고한다. 『소년이 온다』를 쓸 무렵 작가가 떠올렸다는 질문들, '내가 정말 인간을 믿는가, 인간을 껴안을 수 있는가' '이미 나는 인간을 믿지 못하게 되었는데 어떻게 이제 와서 인간을 믿겠다고 하는 것일까'[7] 또한 여전히 앞의 질문의 주위를 맴돌고 있다고 할 수 있다. 그리고 이 질문들은 『소

6 김연수·한강 대담, 「사랑이 아닌 다른 말로는 설명할 수 없는」, 『창작과비평』 2014년 가을호, 318쪽.
7 같은 글, 319쪽.

년이 온다』에서 '인간이란 무엇인가'로 모아지는 듯하다. 인간이 무엇이기에, 이제 와서 인간을 믿을 수 있고 또 인간적 삶을 껴안을 수 있는가.

인간이란 무엇인가? 『소년이 온다』가 80년 5월의 광주에서 벌어진 끔찍한 범죄들에 근거해 증언하는바, 권력을 차지하거나 유지하기 위해서 "캄보디아에서는 이백만 명도 더 죽였습니다. 우리가 그렇게 못할 이유가 없습니다"(206쪽)라고 말하고 실천에 옮길 수 있는 존재다. 한쪽에서는 "잔인성을 발휘하도록 격려하고 명령"(같은 쪽)하고 다른 쪽에서는 "뭐가 문제냐? 맷값을 주면서 사람을 패라는데, 안 팰 이유가 없지 않아?"(134쪽)라고 말하고 실천에 옮길 수 있는 존재다. 특별한 목적도 없이 반복적으로 타인을 살상할 수 있을 뿐 아니라, 살아남은 사람들에게 "너희들이 태극기를 흔들고 애국가를 부른 게 얼마나 웃기는 일이었는지, 우리가 깨닫게 해주겠다. 냄새를 풍기는 더러운 몸, 상처가 문드러지는 몸, 굶주린 짐승 같은 몸뚱어리들이 너희들이라는 걸, 우리가 증명해주겠다"(119쪽)는 듯이 그들의 인간적인 면을 모조리 깎아내는 고문을 자행할 수 있는 존재다. 그런 일이 "제주도에서, 관동과 난징에서, 보스니아에서, 모든 신대륙에서 그렇게 했던

것처럼, 유전자에 새겨진 듯 동일한 잔인성으로"(135쪽) 행해졌다. 그러므로

이제는 내가 선생에게 묻고 싶습니다.

그러니까 인간은, 근본적으로 잔인한 존재인 것입니까? 우리들은 단지 보편적인 경험을 한 것뿐입니까? 우리는 존엄하다는 착각 속에 살고 있을 뿐, 언제든 아무것도 아닌 것, 벌레, 짐승, 고름과 진물의 덩어리로 변할 수 있는 겁니까? 굴욕당하고 훼손되고 살해되는 것, 그것이 역사 속에서 증명된 인간의 본질입니까?(134쪽)

이 질문들에 어떻게 아니라고 답할 것인가.

잊지 않고 있습니다. 내가 날마다 만나는 모든 이들이 인간이란 것을. 이 이야기를 듣고 있는 선생도 인간입니다. 그리고 나 역시 인간입니다.

(……)

나는 싸우고 있습니다. 날마다 혼자서 싸웁니다. 살아남았다는, 아직도 살아 있다는 치욕과 싸웁니다. 내가 인간이라는

사실과 싸웁니다. 오직 죽음만이 그 사실로부터 앞당겨 벗어날 유일한 길이란 생각과 싸웁니다. 선생은, 나와 같은 인간인 선생은 어떤 대답을 나에게 해줄 수 있습니까?(135쪽)

그렇게 해서 『소년이 온다』가 '인간이란 무엇인가'를 묻는 과정에서 '어떻게 인간적인 삶을 껴안을 수 있는가?' 하는 질문은 더 견디기 어렵고 답하기 어려운 문제로 나아가고 있다. 마지막에 인용한 문장이 직접 보여주고 있는바, 이제 질문은 '우리가 인간이라는 사실과 어떻게 싸울 것인가?'로 변형되고 있는 듯하다.

이 질문을 견디면서 『소년이 온다』는 동호, 정대, 정미, 은숙, 선주, 진수 등을 클로즈업한다. 인간이라는 폭력 앞에서 그들은 무자비하게 희생된 것처럼 보인다. 그들의 싸움은 여지없이 패배한 것처럼 보인다. 그들의 희생과 패배가 역사의 한 단면을 증언하는 것처럼 보인다. 하지만 그것이 전부는 아니다.

지금 정미 누나가 갑자기 대문을 열고 들어온다면 달려나가 무릎을 꿇을 텐데. 같이 도청 앞으로 가서 정대를 찾자고 할

텐데. 그러고도 네가 친구냐. 그러고도 네가 사람이야. 정미
누나가 너를 때리는 대로 얻어맞을 텐데. 얻어맞으면서 용서
를 빌 텐데.(36쪽)

   너를 데리고 가려 하자 너는 계단으로 날쌔게 달아났다. 겁
에 질린 얼굴로, 마치 [군인들이 진입해올 도청 안쪽으로—
인용자] 달아나는 것만이 살길인 것처럼. 같이 가자, 동호야.
지금 같이 나가야 돼. 위태하게 이층 난간을 붙들고 서서 너는
떨었다. 마지막으로 눈이 마주쳤을 때, 살고 싶어서, 무서워서
네 눈꺼풀은 떨렸다.(92쪽)

   당신이 죽은 뒤 장례식을 치르지 못해,
   내 삶이 장례식이 되었습니다.(99쪽)

   내 책임이 있는 거야, 그렇지?
   (……)
   내가 집으로 가라고 했다면, 김밥을 나눠 먹고 일어서면서
그렇게 당부했다면 너는 남지 않았을 거야, 그렇지?
   그래서 나에게 오곤 하는 거야?

왜 아직 내가 살아 있는지 물으려고.(176~177쪽)

네가 죽은 것이 저 때문이 아닌디, 왜 친구들 중에 제일 먼
저 어깨가 굽고 머리가 하얗게 세었을까이. 저것이 아직도
원수 갚을 생각을 하고 있단가, 생각하면 가슴이 내려앉아
야.(182쪽)

이 사람들은, 자신의 책임이 아닌 것을 자신의 책임으로 떠
맡고자 했다. 군인들의 총에 맞은 사람들의 죽음이 자신의 책
임이라는 듯 그 죽음에 온 힘으로 마음쓰면서, 어쩌해볼 수 없
는 일에 자신의 삶을 걸었거나 삶의 경로를 이탈시켰다. 그들
이 한 일은 그들 자신이 인간이라는 사실과 싸움으로써 인간
적인 어떤 것을 보존한 것이다. 그들은 우리가 인간이라는 사
실과 싸움으로써만 인간이 될 수 있다는 사실을 입증한 사람
들이다. 권력이 '인간이란 죄책감 없는 폭력 그 자체이거나 폭
력 앞에 굴복하는 냄새나는 몸뚱이일 뿐'이라는 사실을 인정
하라고 강요할 때, 그것이 인간의 전부가 아니라는 사실을 입
증한 사람들이다. 인간이 그런 식으로 훼손될 수는 없다, 인
간의 죽음이 그런 식으로 훼손될 수는 없다고 항의하고 있는

한에서, 동호가 자기 책임이 아닌 정대의 죽음에 책임을 느끼는 한에서, 은숙과 선주가 자기 책임이 아닌 동호 혹은 모든 사람들의 죽음에 책임을 느끼는 한에서, 그들은 그들이 인간이라는 사실과 싸우며 인간적인 무엇인가를 보존한다. 그러므로 그들은 결코 희생자가 아니다. 그리고 그런 방식으로 우리는 인간적 삶을 힘겹게 그러나 기꺼이 껴안을 수 있는 것이다.

『소년의 온다』의 에필로그에 등장하는, 한강과 거의 구분되지 않는 '나'가 그것을 다음과 같이 요약하고 있다.

그들이 희생자라고 생각했던 것은 내 오해였다. 그들은 희생자가 되기를 원하지 않았기 때문에 거기 남았다. 그 도시의 열흘을 생각하면, 죽음에 가까운 린치를 당하던 사람이 힘을 다해 눈을 뜨는 순간이 떠오른다. 입안에 가득찬 피와 이빨 조각들을 뱉으며, 떠지지 않는 눈꺼풀을 밀어올려 상대를 마주보는 순간. 자신의 얼굴과 목소리를, 전생의 것 같은 존엄을 기억해내는 순간. 그 순간을 짓부수며 학살이 온다, 고문이 온다, 강제진압이 온다. 밀어붙인다, 짓이긴다, 쓸어버린다. 하지만 지금, 눈을 뜨고 있는 한, 응시하고 있는 한 끝끝내 우리

는……(213쪽)

    도대체 인간이란 무엇인가? 모리스 블랑쇼는 조르주 바타유를 인용하면서 이렇게 썼다. "모든 인간 존재의 근본에 어떤 결핍의 원리가 있다."[8] 그렇기 때문에 인간은 타자를 필요로 한다. 타자를 필요로 하는 존재, 그것이 인간이다. 이 문장을, 인간은 저마다 어딘가 모자란 데가 있으니 부족한 부분을 채워넣기 위해 서로를 필요로 한다는 식으로 이해해서는 안 된다. 모든 인간 존재의 근본에는 어떤 결핍의 원리가 있기 때문에, 바로 그 결핍으로 인해서 타자의 이의 제기와 부인에 노출되고, 절대적 내재성(혹은 자율성)에 대한 환상을 포기할 수 있다. 바로 그 노출과 포기 속에서, 타자에 의해 나의 실존이 근본적으로 부단히 의문에 부쳐지고 있다는 바로 그 점에서 나는 나 스스로를 뛰어넘을 수 있는 가능성을 이끌어낼 수 있다. 그러므로 결핍은 충만함의 반대가 아니라 오히려 초과로 이어진다. 이 초과를 위해 인간은 타자를 필요로 하는 것이다. 타자와의 만남이 없을 때, 인간은 자기 자신 안에 갇히

---

8   모리스 블랑쇼·장-뤽 낭시, 『밝힐 수 없는 공동체/마주한 공동체』, 박준상 옮김, 문학과지성사, 2005, 17쪽.

게 되며 무감각해질 뿐이다. 타자와의 만남이 없을 때, 절대적 내재성에 대한 환상 속에서 "스스로 자기 고유의 자기 동일성과 자기 결정력을 갖고 있다고 여기기 때문에 인간은 순수한 개체적 실재로 스스로를 정립할 수 있다고 자신하는 것이다." "거기에 겉으로 보아 온전할 뿐 가장 병적인 전체주의의 기원이 있다."[9]

그렇다면 어떤 타자가 가장 강력하게 나에게 이의 제기하고 나의 자리를 부인해서 내가 스스로를 초과할 가능성을 이끌어내게끔 하는가? 죽어가는 타인이.[10]

그러므로 이렇게 정리할 수 있다. 죽어가는 타인 앞에서, 혼자서 살아남을 수 없음을, 자기 자리에 머물러 있을 수 없음을 충실히 이행하는 존재, 그것이 인간이다.

물론 인간은 죄책감 없는 폭력 그 자체이거나 폭력 앞에 굴복하는 냄새나는 몸뚱이이기도 하다. 우리가 인간인 이상 언제나 인간의 존엄을 짓밟는 학살과 고문과 강제진압이 우리를 밀어붙이고 짓이기고 쓸어버리기 위해 온다. 그러나 우리가 눈을 뜨고 있는 한, '소년'이 함께 온다. 죽어가는 타인이 언

---

9   같은 책, 13쪽.
10   같은 책, 23쪽.

제나 함께 온다. 이 소년과 만날 때, 소년이 그랬던 것처럼 타인의 죽음에 온 힘으로 마음쓰느라 우리의 실존이 근본적으로 의문에 부쳐진다는 사실을 받아들이고 우리 스스로를 뛰어넘을 때, 우리 또한 인간이라는 사실과 싸우면서 인간의 삶을 껴안을 수 있게 되는 것이다. 우리가 인간이라는 사실과 어떻게 싸울 것인가. 인간적 삶을 어떻게 껴안을 수 있는가? 언제나 이미 도래하고 있는 소년, 죽어가는 타인과 만나면서.

작가는 이 소설의 제목을 '소년을 기억하라'가 아니라 '소년이 온다'라고 썼다. 죽어가는 타인과의 마주침, 나의 실존에 대한 이의 제기에의 노출, 인간의 결핍은 개인적 결단에 의해 선택되는 것이 아니라, 그러한 결단을 가능하게 하는 인간 존재의 근본적 원리로 놓여 있다고 작가가 전제하고 있기 때문일지도 모르겠다. 나는 앞에서 그 점을 의식하면서 죽어가는 타인을 만나기 위한 결단을 촉구하는 대신에, 소년이 언제나 이미 도래하고 있다고 썼다.[11]

---

11 이것이 단편 「회복하는 인간」(『작가세계』 2011년 봄호; 『노랑무늬영원』(2012))의 구조이기도 하다. 인간의 생명력이 의외로 질긴 것이어서 화상 때문에 신경이 다 죽은 줄로만 알았는데 그 부분에서 새 신경이 돋아났다는, 결국 인간이라면 다 회복하게 된다는 것이 이 소설의 주제가 아니다. 이 소설에서 회복은 여자의 화상과는 아무런 관련이 없다. 다만 한 여자가 자기 책임이 아닌 언니의 죽음에 온 마음을 쓰느라 자신의 삶과 거

여기까지 오면 이제는 다르게 질문하는 것이 가능할 것 같다. 우리가 인간이라는 사실과 싸우는 것을 가능하게 하는 근본적인 차원이 있겠는가? 언제나 이미 도래하는 소년과도 같은? 그것을 전제한 뒤에야 비로소 인간적 삶을 껴안을 수 있는? 그렇다면 그 근본적인 차원은 어떤 것인가? 이것이 『소년이 온다』 안에서 이미 변화하고 있는 질문이고 또 『흰』이 이어받아 감당하는 질문인 듯하다.

5.

작가는 밝고 깨끗한 것에 대해 쓰고 싶었다고 말한 적이 있지만,[12] 『흰』이 그런 의도에 부합하는 책 같지는 않다. 『흰』의

기서 오는 기쁨에 대해 이의 제기하고 부인했다는 것, 바로 그것이, 여자로 하여금 자기 자신을 초과하도록 만들었으며, 그 초과가 곧 회복이다.(이 점에 대해서라면 작가 자신이 분명한 설명을 제출한 바 있다. "영원히 회복되지 않게 해달라고 하는 마지막 기도는 죽은 언니와 함께하고자 하는, 자신의 과오와 고통과 슬픔에서 영원히 등을 돌리지 않고자 하는 기도이기도 해요. 그런데 그 기도가 역설적으로 회복을 향하는 기도가 돼요. 자신을 허물고 자신 밖으로 간절하게 빠져나가고자 하는 자의 기도라는 점에서요.", 김연수·한강 대담, 같은 글, 317쪽)

12 "『희랍어 시간』을 쓰고 나서 이제 인간의 깨끗하고 연한 지점을 응시하는 아주 밝은 소설을 쓰겠다고 생각했는데, 이상하게도 잘되지 않았어요."(같은 글, 318~319쪽)

서두가 밝혀놓고 있는 것도 그런 것이다.

　흰 것에 대해 쓰겠다고 결심한 봄에 내가 처음 한 일은 목록을 만든 것이었다. (……) 한 단어씩 적어갈 때마다 이상하게 마음이 흔들렸다. 이 책을 꼭 완성하고 싶다고, 이것을 쓰는 과정이 무엇인가를 변화시켜줄 것 같다고 느꼈다. 환부에 바를 흰 연고. 거기 덮을 흰 거즈 같은 무엇인가가 필요했다고.
　하지만 며칠이 지나 다시 목록을 읽으며 생각했다.
　어떤 의미가 있을까. 이 단어들을 들여다보는 일엔?
　(……) 이 단어들로 심장을 문지르면 어떤 문장들이건 흘러나올 것이다. 그 문장들 사이에 흰 거즈를 덮고 숨어도 괜찮은 걸까.
　(……) 익숙하고도 지독한 친구 같은 편두통 때문에 물 한 컵을 데워 알약들을 삼키다가 (담담하게) 깨달았다. 어딘가로 숨는다는 건 어차피 가능한 일이 아니었다는 것을.(9~10쪽, 강조는 인용자)

'흰 것, 다시 말해 순수하고 깨끗한 것. 그것이 삶의 더럽혀진 부분들을 소독해줄 것이다. 그것이 상처를 치유해줄 것이다. 이 책은 그런 흰 것들을 읽고 씀으로써 그것들을 상처 입은 마음에 바르고 덮는 것이다'와 같은 의도가 작업 이전에 희미하게 떠올랐을지라도 『흰』은 그런 의도를 따르지 않는다. 한강의 글쓰기는, 순수한 것과 더러운 것, 밝은 것과 어두운 것을 나누고 다만 앞의 것만을 원하는 그런 소박하고 착한 듯하지만 결국에는 사태를 단순화시키는 글쓰기, 숨는 글쓰기와는 아무런 관련이 없다. 어둠과 상처와 고통과 죽음으로부터 숨는 것은 어차피 가능하지 않다.

어떤 의미에서 '흰'은 노랑이나 검정, 빨강이나 파랑 옆에 놓이는 색깔이 아니다.[13] 노랑부터 파랑까지의 색들이 가능하기 위해서는, 그런 색들이 칠해질 수 있는, 아직 칠해지지 않은, 어떤 텅 비어 있음이 먼저 있어야 한다. 이를테면 새하얀 캔버스와도 같은. 캔버스의 '흰'은 그러므로 노랑, 검정, 빨강, 파랑과 같은 여타의 색깔과 대등한 색이 아니다. 그것은 보다 근본적인 차원의 색이고 다른 모든 색들을 가능하게 하는 바탕색이다. 그것은 다른 모든 소리들을 가능케 하는, 소리의 잠재태인 침묵과도 같은 것이다. "흰색은 죽은 것이 아닌,

13   이하 백색에 대한 성찰은 김상환, 『해체론 시대의 철학』, 문학과지성사, 1996, 83~85쪽 및 『풍자와 해탈 혹은 사랑과 죽음』, 민음사, 2000, 136~138쪽을 참고했다.

가능성으로 차 있는 침묵인 것이다. (……) 그것은 젊음을 가진 무(無)이며, 더 정확히 말하면 시작하기 전의 무요, 태어나기의 무인 것이다.”[14]

모든 ‘존재자’들이 있기 위해서는 그것들을 개방하는 ‘존재’의 차원이 앞서야만 한다고 할 때,[15] 바로 그 ‘존재’가 이를테면 ‘흰’빛이다. 그러므로 ‘흰’은 단순한 하얀색이 아니다. 그것은 모든 색들을 가능하게 하는 조건이며, 그것의 밑바닥 어디에선가 잠재태의 색채들이 현실화의 표면을 향해 우글거리며 올라오는 중이다. 「안개」와 「초」에서 작가가 쓰고 있는 것처럼, 희고 자욱한 안개 속에서는 얼룩덜룩한 유령들이 결코 드러나지 않을 눈빛을 한 채 산책하고 있는 것이다. 그러므로 ‘흰’은 하얗지 않고 순수하지 않고 잡(雜)하다.

---

14 바실리 칸딘스키, 『예술에서의 정신적인 것에 대하여』, 권영필 옮김, 열화당, 2000, 94쪽, 강조는 원문.

15 “존재는 가장 공허한 것이면서 동시에 과잉이기도 한데, 그러한 과잉으로부터 모든 존재자가 (……) 자신의 존재의 그때마다의 본질 양식을 선사받는다.” “존재는 그때마다 도대체 충일(Überfluß, 넘쳐흐름)이 아닌가, 그것에서 존재자의 모든 충만이 (……) 발원하게 되는 그런 넘쳐흐름이 아닌가. (……) 그런데 만일 그렇다면 존재는 단지 존재자에서 추출되어 옆에 놓여 있는 것에 불과한 것이 아니라 오히려 반대로 동시에 맨 먼저 도처에서 모든 존재자에서 현성자(das Wesende)로 남는 것이 된다.”(마르틴 하이데거, 『근본개념들』, 박찬국·설민 옮김, 길, 2012, 87, 115쪽, 강조는 원문)

그럼에도 불구하고 '흰'은 결코 더럽혀질 수 없는 것이다. 그 무엇도 하얀색의 순수함을 침범할 수 없다는 것이 아니다. 반대로 다른 얼룩들 틈에서라면 잘 보이지 않았을 작고 희미한 얼룩도 그 얼룩 본연의 색을 충만하게 드러내는, 너무 쉽게 얼룩지는 배경색이 '흰'이다. 그러나 무슨 색으로 얼룩지게 하든 '흰'은 계속해서 다른 색들을 칠할 수 있게 하는 궁극의 가능성의 심층이며, 모든 소리들을 가능하게 하는 침묵이자, 무엇인가를 태어나게 하는 무, 소진시킬 수 없는 여백이다. 그것은 너무 쉽게 훼손되고 마는 것이지만 결코 완전히 훼손시킬 수는 없는 근본적인 차원이며, 그것이 있기 때문에 거기서부터 무엇인가가 끊임없이 다시 시작되는 것이다. 『흰』에서 문득 너덜너덜한 삶의 얼룩이 흰 것으로 덮일 때, 그것은 상처를 치유하는 거즈라기보다, 가장 근본적인 차원이자 궁극의 가능성의 심층으로부터 무엇인가가 다시 시작되는 것이 원리상 이미 언제나 허락되어 있다는 점을 암시하는 듯하다. 예컨대 "난 아무것도 아끼지 않아. 내가 사는 곳, 매일 여닫는 문, 빌어먹을 내 삶을 아끼지 않아"(「문」, 14쪽)라고 말하는 듯한, 자신의 삶 자체를 함부로 다루려는 어떤 태도가 반영된 흉측하고 난폭한 글씨가 상처처럼 새겨진 문 위로 흰 페인트를 덧칠할 때(「문」), 자신의 인생 전체가 낭비일 뿐이었다는 생각이 지나가는 취객의 머리 위로 새로운 문장으로 고쳐 쓸 백지를 던져주듯 흰 눈이 내리덮일 때(「눈송이들」).

그러나 무엇인가가 다시 시작될 수 있는 가능성이 언제나 꿈틀거리고 있다는 말은 보기만큼 희망적인 말이 아니다. 그것은 오히려 섬뜩하거나 공포스러울 수 있는데, 왜냐하면 궁극의 가능성으로 열려 있는 '흰'은 언제라도 지금 내가 붙들고 있는 현존을 지워버리고 근원적인 차원으로 내려가 다시 시작하기를 강요할 가능성을 포함하기 때문이다. 그것은 비유컨대, 우리가 읽고 쓰는 모든 문장들이 종이의 '흰' 여백 안으로 삼켜지고 사라지고 다시 쓰여지기를 강요받는 것과도 같다. 그러므로 '흰'을 마주하면서 우리는 이렇게 물을 수밖에 없다. "대체 무엇일까, 이 차갑고 적대적인 것은? 동시에 연약한 것, 사라지는 것, 압도적으로 아름다운 이것은?"(「눈보라」, 60쪽)

작가는 『흰』에서, 태어난 지 두 시간 만에 죽은 언니에게 "이제 당신에게 내가 흰 것을 줄게"(「초」, 39쪽)라고 썼지만, '흰'은 건넬 수 있는 사물이 아니고 현존의 차원을 초과하는 공간이므로, 저 문장을 다음과 같이 번역해서 읽어야 할지도 모르겠다: 이제 내가 흰 것을 쓸게. 나의 글쓰기를 통해서 '흰'의 공간으로 들어갈게. 현존의 차원을 초과하는, 궁극의 가능성의 심층에서, 나의 현존을 잃을게. 당신이 상실한 듯 보였던 현존의 가능성이 거기서 소멸되지 않고 머물러 있음을 볼게. 거기서 당신을 만날게. 그곳에서 오고 있는 당신을 만날게. 차갑고 적대적이며, 동시에 연약하고 쉽게 사라지며 압도적으로 아름다운 그 심층 안에서.

한강이 『흰』에서 보여주고 있는, 칸딘스키와 하이데거를 연상시키는, 색채의 존재론을 받아들일 수 있다면, 누구도 결코 소진시킬 수 없는 흘러넘침의 잠재성들이 우글거리는 공간이 인간 존재의 근본적인 차원이며 그곳에서 모든 것이 파괴되었다가 새롭게 시작될 수 있다는 『흰』의 전제에 동의할 수 있다면, 한강의 소설을 따라 우리가 앞에서 도달한 질문들 '우리가 인간이라는 사실과 싸우는 것을 가능하게 하는 근본적인 차원이 있겠는가? 언제나 이미 도래하는 소년과도 같은? 그것을 전제한 뒤에야 비로소 인간적 삶을 껴안을 수 있는? 그렇다면 그 근본적인 차원은 어떤 것인가?'에 응답할 수 있을지도 모르겠다. 언제나 다시 시작할 수 있게 하는 '흰'

이 그 근본적인 차원이라고. 물론 인간은 끝없이 훼손되고 끝없이 더럽혀질 수 있지만 언제나 끝없이 그 위에 다른 윤곽선을 그리고 다른 색을 칠해볼 수 있는 '흰'의 차원이 있다고. 그 '흰'의 차원에서 살아남기를 선택한 자들이 삶으로부터 내팽개쳐질 수 있는 만큼 그와 반대로 죽어가는 타인에게 온 힘으로 마음을 기울일 수 있다고.

6.

『흰』에 이르러 '우리가 인간이라는 사실과 싸우는 것은 어떻게 가능한가?'라는 질문은 끝까지 전개된 것일까? 다소 관념적으로 성급하게 해소된 것은 아닐까? 이에 대해서라면 아마도 한강의 다음 작업이 어떤 질문을 어떻게 제기하는가를 확인한 뒤에야 분명하게 말할 수 있을 것 같다. 이 글에서는 다만 한강의 다음 작업이 어쩌면 '인간이란 무엇인가?'에 이어 '시간이란 무엇인가?'와 같은 관념적인 영역으로 심화될지도 모르겠다는 예감을 덧붙이고 싶다. 단지 시간에 대한 표현들이 한강의 소설 이곳저곳에서 돌출하며 서로 부딪히고 있기 때문만은 아니다.("시간의 감각이 날카로울 때가 있다.

(……) 그렇게 날카로운 시간의 모서리—시시각각 갱신되는 투명한 벼랑의 가장자리에서 우리는 앞으로 나아간다"(『흰』, 11쪽), "어쩌면 시간이란 흐르는 게 아닌지도 모른다는 생각"(「파란 돌」, 『노랑무늬영원』, 215쪽), "시간은 흐른다" "시간은 여전히 흐른다" "시간은 멈추지 않는다"(『채식주의자』, 187, 195, 202쪽), "시간은 결코 멈추지 않는다"(『검은 사슴』, 329쪽))

저 근본적인 차원, '흰' '존재'라는 문제가 곧 '시간'의 문제라는 것을 어떻게 이해해야 할까? 다시 한번 하이데거를 참고하기로 한다면 이렇게 요약해볼 수도 있겠다. '흰'은 언제나 흘러넘치는 과잉으로, 압도적인 아름다움으로 적대적으로 차갑게 인간의 현존의 문장들을 여백 속에 빠뜨리고 지우고 다시 쓰게 만들 수 있다. 그것으로부터 모든 현존이 다시 비롯된다. 그것이 '궁극의 가능성'이다. 인간은, 일상성 속에 매몰되어 있지만 않다면, 그의 현존을 가지고 이 궁극적 가능성과 충돌한다. 무규정적이라기보다 초규정적으로 충만한 궁극적 가능성은 그가 결코 도달할 수 없지만 언제나 그곳을 향해 가는 그의 본래적 미래, '앞선 거기'(Vorbei)다. 사람들이 흔히 생각하듯, 시간은 그저 중립적으로, 기계적으로, 시계가 째깍거리며 흘러가듯, 미래로부터 흘러들어오는 것이 아니다. 인간이 자신의 궁극의 가능성인 '앞선 거기'를 향해 달려나가려 할 때, 그 '앞선 거기'가 그의 일상과 부딪히고 그로 하여금 그의 일상을 다르게 보게 하며 그것에 이의 제기하게 하며 그로부터 스스로를 이탈하게 하는 한에서만 시간은 흐른다. 좀더 정확하게 말하자면, 인간의 본질이 그 자신의 궁극의 가능성을 향해 앞서 달려나가는 데 있다면, 인간이 곧 시간이다. "앞서 달려감에서 현존재[인간—인용자]는 그의 장래로 존재하며 나아가 현존재는 이 장래적 존재에서 그의 과거와 현재로 되돌아간다. 그의 궁극적 존재 가능성에서 파악된 현존재는 시간 그 자체이다. 현존재는 시간 속에 있는 것이 아니다."[16] "시간은 현존재이다."[17] (하지만 일상에 매몰된 인간들은 그 자신이 시간이라는 사실을 알지 못한다. 위에서 언급했지만, 그들이 알고 있는 '시계의 시간'은 전혀 시간이 아닌데도, 오직 그것만이 시간으로 알려져 있다. 이 일상인들의 어법을 차용하자면 시간이 아닌 시계의 시간을 '시간'으로 부르는 대신 본래적인 시간은 '시간의 바깥'으로 바꿔 불러야 할 것이다.)

그러므로 '존재'의 차원, 즉 '훤'을 사유하는 것은 '시간'을

---

16 마르틴 하이데거, 『시간개념』, 김재철 옮김, 길, 2013, 142쪽.
17 같은 책, 149쪽.

사유하는 것과 멀리 떨어져 있지 않다. '흰'의 공간에서, 우리가 인간이라는 사실과 싸우는 것(타인과의 만남 속에서 우리 자신의 현존을 잃고 우리 자신을 초과하는 것)이 가능해진다면, 그런데 그것이 궁극의 가능성으로 되돌아가 다시 시작하는 일과 관련되는 것이라면, 거기에 대번에 시간의 문제가 개입한다. 작가 자신이 이 점을 예감하며 말하고 있다. "현재가 과거를 도울 수 있는가. 산 자가 죽은 자를 도울 수 있는가. (……) 현재가 과거를 돕고, 산 자가 죽은 자를 돕는 일이 가능하다고 믿고 싶었어요."[18]

하지만 이 믿음을 뒤집어서 말해야 하리라. 현재가 과거를 돕고 산 자가 죽은 자를 돕는 것이 아니라, 과거가 현재를 돕고 죽은 자가 산 자를 돕는다. 「회복하는 인간」에서 살아남은 동생은 어떻게 해도 죽은 언니를 도울 수 없고 언니가 고통 속에서 죽어갈 때 자신은 자전거를 타며 삶의 기쁨에 황홀해했다는 사실을 돌이킬 수 없다. 하지만 동생이 자기 자신을 부인하면서까지 자신의 한계선을 뚫고 나가 언니의 죽음에 닿으려고 할 때 동생은 인간적인 무엇인가를 보존하면

18　김연수·한강 대담, 같은 글, 323~324쪽.

서 회복된다. 현재의 살아남은 자가 회복되는 것은 과거의 죽어가고 있던 자와의 만남에서 비롯된다. 말하자면, 현재의 살아남은 자들을 위해 소년이 오는 것이다. 소년의 도움으로 인간은 본래적 미래를 향해 나아가며 시간으로서의 자신의 본질을 전개시키는 것이다. 약간 혼란스럽지만 일상인의 용어로 다시 말하자면, 우리는 시계가 째깍거리며 흘러가는 시간의 바깥에서 과거와 만날 수 있으며 이 만남을 통해서만 미래를 향해 나아갈 수 있다.

「눈 한 송이가 녹는 동안」(『창작과비평』 2015년 여름호)이 그런 장면들을 포함하고 있지 않은가. k가 완성하지 못한 희곡 속에서 한 소녀가 눈보라 속에 길을 잃어 하룻밤 재워주기를 간청한다. 젊은 승려는 소녀를 재워주기로 하지만 스스로 유혹에 빠질까 두려워 함께 있어달라는 소녀의 청을 거절한다. 소녀는 눈 한 송이가 녹는 동안만이라도 함께 있어달라고 다시 청하는데, 소녀의 머리 위에 쌓인 눈송이들은 전혀 녹지 않는다. 왜 그런가? 이 헐벗은 소녀가 실은 귀신이기 때문에 체온이 없어 눈이 녹지 않은 것이 아니다. 소녀는 말한다. "우리가 시간 밖에 있으니까요."(317쪽) 죽은 자의 도움으로 우리가 타인의 죽음을 끌어안으며 우리가 인간이라는 사실

166

과 싸울 수 있는 것("나는 잠을 잘 수 없어요. 당신은 잠들 수 있어요? 잠깐 잠들어도 꿈을 꿔요. 당신은 꿈을 꾸지 않아요? 언제나 같은 꿈이에요. 잃어버린 사람들. 영영 잃어버린 사람들", 319쪽)은, 우리의 궁극의 가능성으로 되돌아가는 것, 본래적 시간으로 뛰어드는 것, 시계의 시간을 벗어나는 것, 일상인의 용어로 말하자면 시간의 바깥에 있는 것이니까. 시간의 바깥에서 시계는 멈추고 눈 한 송이는 전혀 녹지 않는다. 그러므로 지금 k를 찾아와 이런저런 이야기를 나누고 있는 죽은 '그'가 창밖으로 손을 내밀려고 한다고 k가 생각했을 때, "죽은 사람의 손은 얼마나 차가울까. 거기 닿은 눈은 얼마나 오래 머물러 있을까. 눈 한 송이가 녹지 않는 동안, 우리가 얼마나 더 이야기할 수 있을까"(325쪽)라고 물은 것은 얼마간 잘못된 것이다. 언제나 이미 오고 있는 소년을 만나는 만큼, 인간 그 자신이 본래적 시간 그 자체라는 점을 알아차리는 만큼, 시계의 시간을 멈출 수 있는 만큼, '흰'의 차원으로 내려갈 수 있는 만큼, 이 차갑고 적대적이며 동시에 연약해서 쉽게 사라지지만 압도적으로 아름다운 이 새하얀 눈송이는 녹지 않는 것이다.

이 책의 끝에 붙일 '작가의 말'을 쓰겠느냐고 편집자가 물었던 2016년 사월에, 나는 그러지 않겠다고 대답했다. 이 책 전체가 작가의 말이라고 웃으며 이야기했던 기억이 난다. 이제 이 년이 지나 개정판을 준비하며, 비로소 어떤 말을 조용히 덧붙여 쓰고 싶다는—쓸 수 있겠다는—생각이 든다.

폴란드의 번역가 유스트나 나이바르 씨를 처음 만난 것은 2013년 여름이었다. 소년처럼 짧은 머리에 무채색의 긴 치마를 입은, 눈매가 깊고 어딘가 슬퍼 보이는 사람이었다. 그 무렵 그녀가 번역중이던 내 소설의 문장들에 대해 몇 가지 까다로운 이야기를 나눈 뒤, 유스트나는 진지한 얼굴로 나에게 물었다. "제가 내년에 바르샤바로 초대하면, 오시겠어요?" 나는 길게 생각하지 않고 그러겠다고 대답했다. 『소년이 온다』의 초고를 막 마쳤을 즈음이어서, 그 책이 무사히 출간된 다음에는 잠시 떠나 쉬는 게 좋을 것 같았다.

그 짧은 만남을 잊고 있는 동안에도 시간은 흘러 어느새 이 듬해가 되었다. 마침내 오월에 『소년이 온다』가 출간되었고, 나는 그녀와 약속한 대로 떠나기 위해 휴직 신청을 했다. 초여름부터 짐을 꾸리고 이런저런 준비를 하는 동안 주변 사람들은 물었다. "쉬고 싶다더니, 왜 하필 그렇게 춥고 어두운 곳으로 가는 거야?" 그때 나를 부른 곳이 오직 그 도시였고, 그곳이 남극이나 북극이었다 해도 떠났으리란 것을 나는 잘 설명할 수 없었다.

그리하여 마침내 팔월 말, 당시 만 열네 살이던 아이와 둘이서, 각자 이민 가방 하나씩을 끌고, 커다란 배낭들을 메고 비행기에 올랐다. 아이와 단둘이 꾸려갈 삶의 첫 여정이기도 해서, 보이지도 만져지지도 않는 거대한 매듭의 속으로 불쑥 들어서는 것 같은 막막함이 있었다.

첫 달은 눈코 뜰 새 없이 분주했다. 미루나무 두 그루의 반

172

짝이는 우듬지가 내다보이는 오층 아파트에 세를 들고, 아이가 한 학기 다닐 국제학교를 등록하고, 증명사진을 찍어 교통카드를 만들고, 휴대폰을 개통하고, 짐의 부피를 줄이느라 싸오지 못한 냄비와 프라이팬과 도마, 이불과 담요 같은 물건들을 날마다 가까운 쇼핑몰에서 사서 캐리어로 날랐다. 아침이면 아이의 하얀 교복 셔츠를 다리고, 식사를 준비하고 간식 도시락을 싸고, 책가방과 체육복 가방을 메고서 천변길을 따라 학교에 가는 아이의 수굿한 뒷모습이 사라질 때까지 창으로 내다보았다. 금요일이면 유스트나를 만나 기초 폴란드어를 배웠는데, 그 보답으로 나는 한문을 가르쳐줬다. 바르샤바 대학교에서 한국 종교를 가르치는 그녀를 위해 원효 스님의 『발심수행장』을 교재로 택했다. 달콤한 것을 먹여 사랑스럽게 보살펴도 우리 육신은 반드시 무너지고, 비단으로 감싸 곱게 보호해도 목숨에는 끝이 있네. 모르는 한자를 미리 찾아가며 수업 준비를 하다보면 한나절이 빠르게 지나갔다.

그렇게 첫 달의 적응기간이 지나자, 서울에서 살던 때와 비교할 수 없는 마음의 여유가 생겼다. 걷는 것, 또 걷는 것— 돌아보면 바르샤바에서 내가 한 일은 그것이 거의 전부였다.

틈이 날 때마다 아파트 주변의 고요한 천변을 산책했다. 무작정 버스를 타고 구시가지로 나가 골목들을 배회했다. 그보다 가까운 와지엔키 공원의 숲길을 목적 없이 걸었다. 한국을 떠나오기 전부터 쓰고 싶었던 『흰』이란 책에 대해, 그렇게 걸으며 생각했다.

　모국어에서 흰색을 말할 때, '하얀'과 '흰'이라는 두 형용사가 있다. 솜사탕처럼 깨끗하기만 한 '하얀'과 달리 '흰'에는 삶과 죽음이 소슬하게 함께 배어 있다. 내가 쓰고 싶은 것은 '흰' 책이었다. 그 책의 시작은 내 어머니가 낳은 첫 아기의 기억이어야 할 거라고, 그렇게 걷던 어느 날 생각했다. 스물네 살의 어머니는 혼자서 갑작스럽게 아기를 낳았고, 그 여자아이가 숨을 거두기까지 두 시간 동안 '죽지 마라, 제발'이라고 계속해서 속삭였다고 했다. 그 말을 입속에 머금고 천변길을 걷던 다른 어느 날 오후, 그 문장이 이상할 만큼 낯익다는 사실을 별안간 깨달았다. 그건 내가 몇 달 전까지 『소년이 온다』를 고쳐 쓰며 마지막 순간까지 붙들었던 5장에서, 투병중인 성희 언니를 향해 고문생존자인 선주가 건넸던 말과 정확히 같은 것이었다. 죽지 말아요.

그렇게 시월이 끝나갈 무렵, 유스트나가 추천해준 바르샤바 항쟁 박물관을 혼자서 보러 갔다. 전시를 모두 관람한 뒤, 부설극장에 들어가 1945년 미국의 공군기가 촬영한 그 도시의 영상을 보았다. 비행기가 도시를 향해 서서히 접근하며, 희끗한 눈에 덮인 풍경이 차츰 가까워졌다. 하지만 그건 눈이 아니었다. 1944년 구월 시민 봉기 이후 히틀러가 본보기로 절멸을 지시했던 도시, 폭격으로 95퍼센트 이상의 건물들이 파괴된 도시, 부서진 흰 석조건물들의 잿빛 잔해만이 끝 간 데 없이 펼쳐져 있던 칠십 년 전의 그 도시를 나는 숨죽인 채 지켜보았다. 내가 머물고 있던 그곳이 '흰' 도시라는 것을 그때 알았다. 그날 집으로 돌아가며 나는 어떤 사람을 상상하고 있었다. 그 도시의 운명을 닮은, 파괴되었으나 끈질기게 재건된 사람을. 그이가 내 언니라는 것을, 내 삶과 몸을 빌려줌으로써만 그녀를 되살릴 수 있다는 사실을 깨달았을 때 나는 이 책을 쓰기 시작하고 있었다.

기억한다. 아파트의 열쇠가 하나뿐이어서, 아이가 학교에서 돌아오는 다섯시에서 다섯시 반까지는 어김없이 집으로 먼저 돌아와 있어야 했다. 그 시간까지 거리를 걸으며 이 책을 생각했다. 무엇인가 떠오르면 길에 선 채로 수첩에 몇 줄씩 적기도 했다. 하나뿐인 침실에서 아이가 곤히 잠든 밤이면 식탁 앞에 앉아, 혹은 거실의 소파침대에 담요를 쓰고 웅크려 앉아 한 줄씩 이어 적어갔다.

그렇게 그 도시에서 이 책의 1장과 2장을 쓰고, 서울로 돌아와 3장을 마저 썼다. 그다음 일 년 동안은 처음으로 돌아가 천천히 다듬었다. 고독과 고요, 그리고 용기. 이 책이 나에게 숨처럼 불어넣어준 것은 그것들이었다. 나의 삶을 감히 언니−아기−그녀에게 빌려주고 싶었기 때문에, 무엇보다 생명에 대해 계속해서 생각해야 했다. 그녀에게 더운 피가 흐르는 몸을 주고 싶었기 때문에, 우리가 따뜻한 몸을 지니고 살아간다는 사실을 매 순간 어루만져야만 했다—어루만질 수밖에 없었다—. 우리 안의 깨어지지 않고 더럽혀지지 않는, 어떻게도 훼손되지 않는 부분을 믿어야 했다—믿고자 할 수밖에 없었다—.

어쩌면 아직도 나는 이 책과 연결되어 있다. 흔들리거나, 금이 가거나, 부서지려는 순간에 당신을, 내가 당신에게 주고 싶

었던 흰 것들을 생각한다. 나는 신을 믿어본 적이 없으므로,
다만 이런 순간들이 간절한 기도가 된다.

　이 책의 처음에 계신, 1966년 가을의 어린 어머니와 아버지
께 조용하고 불가능한 인사를 건넨다. 내가 흰 것에 대한 책
을 쓰고 있다는 것을 알고서, 학교에서 돌아오면 자신이 그날
본 흰 것에 대해 말해주곤 하던 2014년 가을의 효에게 따뜻한
고마움을 전한다. 이 책의 곁을 지켜준 편집자 김민정 시인
에게 깊은 감사를 드린다.

2018년 봄날에

韓 江

흰

ⓒ 한강 2025

1판 1쇄 2016년 5월 25일
1판 5쇄 2018년 4월 9일
2판 1쇄 2018년 4월 25일
2판 25쇄 2024년 12월 20일
3판 1쇄 2025년 3월 31일
3판 3쇄 2025년 5월 2일

지은이 한강
편집 김민정 이상술 강윤정
디자인 김이정 │ **저작권** 박지영 형소진 오서영
마케팅 정민호 서지화 한민아 이민경 왕지경 정유진
　　　　정경주 김수인 김혜원 김예진 나현후 이서진
브랜딩 함유지 박민재 이송이 김희숙 박다솔 조다현 김하연 이준희
제작 강신은 김동욱 이순호 │ **제작처** 천광인쇄사(인쇄) 신안문화사(제본)

펴낸곳 (주)문학동네 │ **펴낸이** 김소영
출판등록 1993년 10월 22일 제2003-000045호
주소 10881 경기도 파주시 회동길 210
전자우편 editor@munhak.com │ **대표전화** 031) 955-8888 │ **팩스** 031) 955-8855
문학동네카페 http://cafe.naver.com/mhdn
인스타그램 @munhakdongne │ **트위터** @munhakdongne
북클럽문학동네 http://bookclubmunhak.com

ISBN 979-11-416-0171-3 03810

www.munhak.com